主编 凌翔　　　　　　　　当代著名作家美文自选集

草根迷恋
泥土的味道

岳强 著

民主与建设出版社
·北京·

© 民主与建设出版社，2019

图书在版编目 (CIP) 数据

草根迷恋泥土的味道 / 岳强著 . —北京：民主与建设出版社，2019.12
ISBN 978-7-5139-2763-5

Ⅰ.①草… Ⅱ.①岳… Ⅲ.①散文集－中国－当代 Ⅳ.① I267

中国版本图书馆 CIP 数据核字（2019）第 248076 号

草根迷恋泥土的味道
CAOGEN MILIAN NITU DE WEIDAO

出 版 人	李声笑
著　 者	岳　强
责任编辑	周佩芳
封面设计	陈　姝
出版发行	民主与建设出版社有限责任公司
电　 话	（010）59417747　59419778
社　 址	北京市海淀区西三环中路 10 号望海楼 E 座 7 层
邮　 编	100142
印　 刷	唐山楠萍印务有限公司
版　 次	2020 年 1 月第 1 版
印　 次	2020 年 1 月第 1 次印刷
开　 本	710 毫米 ×1000 毫米　1/16
印　 张	13
字　 数	200 千字
书　 号	ISBN 978-7-5139-2763-5
定　 价	49.80 元

注：如有印、装质量问题，请与出版社联系。

目 录

第一辑 矮门的高度

暧昧的格子 002

鱼在水中 005

一场哲学主义的雨 007

矮门的高度 009

心灵的光泽 011

当信任成为一道屏障 013

阅读的境界 017

读书如种树 019

最好的作品 021

远处 023

心灵的杂草 025

干活儿是福 027

芳草萋萋长相伴 029

独自游走 033

越简单越好 035

雪伐 037

电话 039

第二辑 北京十点，阳光灿烂

母爱的光辉 042

一本残书　045
蜜糖罐　047
下晌午　050
海子与运河　052
过年的花炮　054
没有元宵的元宵节　056
老家话　059
夏日蝉趣　062
秋凉山芋香　064
窗外的麻雀　067

北京十点，阳光灿烂　069
怀旧　071
母亲的心愿　073
家在哪里　075
水趣　080
枣树下的谎言　082
秋天的心情　086
仁山智水　088
饮酒与喝粥　090
夏夜大排档　092
星巴克的醋坛子　095

第三辑　风中的思绪

弯月如钩　100
清凉境界　103
有礼走遍天下　106
风中的思绪　108
快乐的理由　113
一枚硬币　115
何谓有福　117
边挣边花　120
有话好好说　123
狼的善举　125
谁都惹不起　127
小人物自由自在　129

有一种礼物不能拒绝　132
做一捆潮湿的柴火　134
看上去很美　136
实话　138
车友　140
乡下客人　142
红心大战　144

第四辑　每个人都是自己命运的建筑师

理性的元旦　148
火红的春节　151
劳动是一件神圣的事情　154
袜子的穿法　157
人生坐标　159
无债一身轻　163
先抢到机会再说　165
每个人都是自己命运的建筑师　167
一把牌的命运　170
最初的差距　172
再富不能富孩子　176

第五辑　人在山岗，风在林梢

窑神的地盘　180
盛夏的韭园　183
古道秋凉　185
秋坡之秋　187
烟雨天桂山　190
窗外的羊城　192
我在丽江等你　195
山寺听泉　197
逍遥山谷　199
铁色虔诚　201

第一辑 矮门的高度

每当从那道矮门经过,我的内心便涌起一股暖意,世界因这暖意而变得格外明亮。所谓与人为善,这应该是最好的诠释了。矮门很矮,又很高,因为氤氲在那里的善念无法度量。

暧昧的格子

　　开放式办公，偌大的厅堂被分作若干个小方格，看上去活像一张稿纸，每个人有如一个字或者一个标点符号，填充在各自的格子里。上班来了，打开桌上的电脑，沏上一杯茶，开始一天的忙碌。每个人忙碌的事情，只有他自己和部门领导知道，如果他自己不说，没人主动打听，因为谁也不知道那事该不该打听。有时一个人忙碌的事情，部门领导也不知道，那就更不能打听，否则就有刺探别人隐私的嫌疑。偶尔有格子空着，甚至空许多天，但大厅一如平常，没人知道空格子的主人到哪里去了。部门领导当然知道，但他守口如瓶，于是，这个秘密便日复一日地延续下去。不该问的不问，不该说的不说，这是办公大厅约定俗成的规矩。

　　因为人口稠密，打电话极不方便，不管你多么小声，还是会有人听见，所以坐在自己的小格子里，不宜打隐秘电话。私秘内容一旦泄露，很快会成为别人的谈资，谈来谈去就走了形。闲话一旦遇到匹配的嘴巴，就会像雨水滋润着的草木，枝枝杈杈疯长。可又不能不打私人电话，谁也无法将自己百分之百充公。想打电话了，就站起身来，故作慵懒地四下看看，确认安全后，拿起听筒。其实，通话方便的地方有一处，就是领导的办公室。那地方在大厅一侧，与所有的格子有一段距离。而且，那只是领导的一个临时办公室，有点像行宫或者陪都，领导很少在里面呆着。空桌空椅，桌上的电话也闲着。但是，好地方谁都惦记着，也许你要进去时，里面已经有人了，那就看你的运气了。

领导办公室的旁边是一间会议室，里面有一台饮水机，那是办公大厅唯一的水源。水店送来的纯净水放在大厅把角处，距饮水机大约十几米远，用完一桶换一桶。换水是粗活儿，没人爱干，有时水桶已经空空如也，依然在饮水机上稳如泰山。如果你耐得口渴，不去理会，这事就与你无关。但如果你沉不住气，那么下次换水时，大家还会想到你。久而久之，这活儿就是你的了。到那时，只要水桶空着，就是你失职。大家不会指责一个从未换过水的人，却会义愤填膺地指责一个经常换水，但偶尔失职的人。谁也不是专职换水工，凭什么人家要独自承担这差事？但这种道理，没人讲。大家拼的是抗干渴能力和心理素质，如果你没有这两样本事，那就惨了。

坐在自己的格子里，大家各自为政，胶水啊，钉书器啊，复印纸啊，裁纸刀啊……各自到库房去领，然后各自保管着使用。有时为了应急，大家也相互借用。后来有人发觉，借用比到库房领用方便得多，而且不用看保管员的脸色。于是，经常借用，用过以后也不主动归还，如果主人不索要，就一直在自己桌上放着。被借的人悟出其中奥妙后，也去借，借后也不归还。借而不还，说明你记性不好，顶多说明你是一个大大咧咧的人，做事不够严谨。但如果你主动索要自己借出去的东西，事情就会变得微妙，大家会把你看作一个吝啬的人、一个自私的人、一个有心计的人、一个脱离群众的人，你的人际关系会因此变得疙疙瘩瘩。这个大厅非常在乎姿态，允许你马虎，但不允许界限分明；允许你漫不经心，但不允许心怀城府。你可以深谙进退之道、厚黑之术，可以老谋深算，但"悄悄地进村，打枪的不要"，一放枪，目标就暴露了。如果你不想吸引火力，就要学会表演，把自己装扮成一个没心没肺、简单随和的人。

　　由格子组成的办公大厅不打下班铃，但一到下班时间，所有的格子很快就空了。下班后独自滞留在办公大厅是不明智的，因为在空无一人的大厅走一遭，所有的格子一览无余，什么事都可能发生。瓜田李下应避嫌，开放式的办公大厅更应该避嫌。大厅门锁的钥匙共有四把，四个部门领导各拿一把。钥匙之所以在领导手里，是因为领导不会出问题。领导不出别的问题，却会迟到。有一回，四个领导全迟到了，楼道里站满了普通员工。大家进不了办公大厅，也就进不了自己的格子，当然也就无法工作。大约一个小时后，有一个领导出现了，大家才像羊群一样涌进办公大厅。于是，有人感慨，有人无奈，有人表情古怪，有人神秘地笑着，但各就各位后，一切都消化在各自的格子里了。

鱼在水中

村上春树的小说里有一段著名的对话——鱼说："你看不见我的泪，因为我在水中。"水说："我能感觉到你的泪，因为你在我心里。"

鱼的话很理性，水的话很煽情。

世上的事，一旦和"心"扯上瓜葛，就没谱儿了。我在网上看到一种说法，朋友或者情人一起走过三个月已经不易，坚持六个月的值得珍惜，相守一年的堪称奇迹，熬过两年的才叫知己，超过三年的永存记忆，五年还在的应该请进生命里。据说，这话出自莫言之口。如果真是这样，我想去高密东北乡问问这位诺贝尔奖文学奖得主："天长地久"这个成语还算数吗？当然，"天长地久"不是他发明的，这事儿得去唐朝找白居易，因为他在《长恨歌》里写了"天长地久有时尽，此恨绵绵无绝期"的句子。不管怎样，网络时代人心善变，且行且珍惜。

也许鱼根本没想那么多，流泪也不是一种经常性动作。鱼的日子还是挺快乐的，这一点庄子最清楚。不清楚的是惠子，他不以为然地问："子非鱼，安知鱼之乐？"庄子很不高兴地反问道："子非我，安知我不知鱼之乐？"我支持庄子，因为我希望看到鱼们快乐的样子。

但有人一看到鱼快乐，就想入非非。《汉书·董仲舒传》中说：临渊羡鱼，不如退而结网。鱼的快乐使他们不快乐，他们要编织一张网，把鱼从水中捞出来，变成自己的盘中餐，然后才快乐。饕餮者的快乐是血腥的，因为那里有鱼的性命。

在鱼的灾难中，水成了帮凶，这似乎是一件荒诞不经的事。鱼被打捞上来后，三个人商量烹饪方法。第一个人建议油煎，因为油煎的鱼香气扑鼻。但第二个人反对，他认为应该清蒸，因为清蒸的鱼味道更鲜美。第三个人大声说："你们太残忍了！鱼离开水会死的，还是煮汤喝吧。"就这样，水成了刽子手。

鱼儿离不开水呀，瓜儿离不开秧——这是一首老歌里的唱词。当这首老歌流行的时候，有一个词汇也非常流行，叫做"鱼水情"。鱼和水之间存在感情吗？村上春树用小说告诉我们，鱼和水相亲相爱，当然存在感情。然而，到头来，水还是把鱼煮了。

在斧子被制造出来之前，神对树木说，只要你不提供柄，铁就无法伤害你。但最后，树木还是提供了柄。结果，斧子诞生了，树木被大量砍伐。那么，树木为什么要提供柄呢？我不知道，正如我不知道水为什么要在鱼的信任里沸腾。

一场哲学主义的雨

周末,我骑车去图书馆。出门的时候,头顶阴云密布。这种潮湿闷热的"桑拿天"已持续多日,铅灰色的天空早已积聚了足够的云量,但雨迟迟不下。我想,只要再过20分钟不下,我就到图书馆了。憋了那么长时间的雨,偏偏等我在路上的时候下,我觉得自己的运气不会这么坏。

所以我没带雨具,就骑车上路了。

不料,我的运气就是这么坏。骑到三分之一路程时,雨点儿开始零零星星地落下来。我想返回去拿雨具,但犹豫了一下,还是继续赶路了。我骑得越来越快,雨点儿也越来越密集。这时,我已经走了三分之二的路程。已经走了三分之二,坚持一下,马上就到了。我一边想着,雨一边大着,身上的衣服就湿了一半。湿了的衣服贴在身上,冰凉冰凉的,不由得打了个寒战。还是躲一躲吧,不然,到图书馆就成落汤鸡了,我想。

这时,路边刚好有一家餐馆,长长的房檐可以避雨。

在房檐下呆了十多分钟,雨一直不紧不慢地下着。这种不紧不慢的雨，很容易没完没了，也许半天，也许一天，也许时间更长。我不能总这么呆着啊。况且，这儿离图书馆只有五、六分钟的路程了。我决定冒雨赶路。可就在这五、六分钟的路程上，我的衣服全湿透了。穿着一身湿衣服走进图书馆，我很沮丧。更沮丧的是，我还没来得及喝上一口热茶，外面的雨就停了，明晃晃的阳光从窗口照进来。如果我再多等一会儿呢，也许就不会这么狼狈了。

但也许，雨会一直不紧不慢地下。

这是一个关于选择的哲学命题，正如两千多年前苏格拉底那一垄著名的麦子，你选择了一穗大的，也许前面还有更大的，但如果不选择，也许你放弃的正是那一垄麦子里最大的一穗。当你只有一次选择机会的时候，很难使选择圆满，不论选择的背景是一垄麦子，还是一场雨。这种不确定性给了命运以可乘之机，使它操纵的某个路口成为一个转折点，好事变坏，或者坏事变好。

矮门的高度

有一个叫南姗的自由撰稿人，带着一台旧电脑和五彩缤纷的文学梦，从江南水乡漂到了京城。她辗转托我在我熟悉的小区找一间住房，条件有两个，一是房租便宜，二是位置安静。如果两条不能同时满足，她就选第一条，因为她手头拮据，讲究不起。

于是，她住进了小区把角处的一间边房。对房子的位置，她当然不满意，因为窗外恰是一条"之"字形过道，各种嘈杂的声音清晰可闻。夏天不管多热，她都关着窗户。

值得庆幸的是，她住进去不久，物业公司为了便于小区管理，用铁栅栏封闭了那条"之"字形过道。南姗很高兴，她终于可以打开窗户，呼吸外面的新鲜空气了。一个晴朗的午后，她索性把写字台搬到了窗台下，因为她喜欢在明亮的天光下读书或者写作。

然而，好景不长。物业公司新任领导为了方便小区居民出行，派人将铁栅栏锯掉了两根。于是，又有人说笑着从她的窗外经过了。心绪烦乱的时候，她常常望着窗外发呆。有一天，她正出神，忽然听到"哎哟"

一声惨叫，定睛看时，见一个女孩的额头撞到了栅栏门的顶部。因为栅栏门太矮，一不留神就会碰头。尽管从那里经过的人差不多都是小区居民，对那个低矮的栅栏门并不陌生，但总是有人疏忽大意。南姗想了想，找来一块木板，用红漆写了四个醒目的大字：小心碰头！然后，用铁丝挂在栅栏门旁边。她想，这回应该没事了，人们老远就能看见这四个字，再也不会有人撞头了。

可是，偏偏有人忽略了那个木牌，依旧风风火火地将头撞在门楣上。望着窗外被撞的人龇牙咧嘴的样子，她想，干吗不把栅栏门拆了呢？可是，物业公司为了阻止小贩的农用车进入小区，坚持保留那个栅栏门。一天晚上，南姗从朋友那里找来两个旧沙发垫子，拆出里面的海棉，用塑料绳厚厚地绑在栅栏门顶部。她想，即使有人撞在上面，也不碍事了。

接下来发生的事出乎她的意料，从她窗前经过的人，差不多全都轻手轻脚，再也没有了以往的说笑声和叫骂声。她坐在临窗的写字台前读书或写作，几乎感觉不到那个栅栏门的存在了。

勿以恶小而为之，勿以善小而不为。南姗用自己的善良，影响了从矮门经过的人，也使自己成为一个受益者。歌曰：只要人人都献出一点爱，世界将变成美好的人间。对于这个世界，我们不一定爱得舍生忘死，只要心存善念、尽力而为就可以了。考察一个人的心地，我向来只注重细节，而不看他的姿态，不管那姿态多么高尚；只注重作为，而不听他的口号，不管那口号多么响亮。

每当从那道矮门经过，我的内心便涌起一股暖意，世界因这暖意而变得格外明亮。所谓与人为善，这应该是最好的诠释了。矮门很矮，又很高，因为氤氲在那里的善念无法度量。

心灵的光泽

我乘小巴去医院探视病人。在社区门口,一位少妇招手上车,一边说:"到翠微超市。"乘务员一愣:"哪个翠微超市?"少妇说:"就前面那个。"乘务员的脸上露出蒙娜丽莎一样神秘的微笑。少妇自我解嘲说:"懒得走。"

从社区门口到翠微超市,如果她走过去,五分钟足够了。但是,她懒得走。

到医院时,正是探视高峰时间,电梯口人山人海,走了一拨儿,又来一拨儿。等了半个小时,我还站在外围。我要探视的病人在十一层,如果走步行梯上去,早就到了。可大家都在等电梯,我也在等。后来终于等烦了,我决定走上去。出发之前,我想找个伴儿,便与旁边一位大腹便便的男士搭讪道:"您等多长时间啦?"他看看手表说:"快四十分钟了。"我说:"一块儿走上去怎么样?"他笑了笑,一脸无奈地说:"懒得走。"我问:"您去几层?"他说:"三层。"

去三层,他居然花四十分钟等电梯。因为,他懒得走。

回来时，在车站碰到一位老同学，几年不见，他发福了。我正要夸他几句，他问："你现在有空吗？"我答："有空。"他说："走吧，喝两杯去。"我问："去哪儿？"他说："红磨房怎么样？不远。"我知道红磨房，是不远，走过去最多十分钟。我正要开步走，他却伸手拦住了一辆出租车。我问："这么近还打车呀？"他一晃脑袋："懒得走。"

我们刚从医院出来，边走边聊，呼吸一下新鲜空气，多好。但是，他懒得走。

懒得走，要腿脚干什么？不把腿脚派上用场的人，迟早会把担架派上用场。一个"懒"字，成全着医院的生意。

步行上班，途中有一段土路，走到那里总是很小心，但鞋还是会脏。所以到单位后，第一件事就是擦鞋。用干布擦去浮土后，鞋面上的水渍就露出来了，很丑陋的样子，就用湿布再擦。后来为了省事，我干脆直接用湿布擦。

同事看见后，说，怎么能这样呢？鞋都擦坏了。

这才注意到，个别地方果然有了硬伤，露出了里面的牛皮本色，而这还是一双新鞋，穿了不到两个月。我有点心疼，晚上回到家，找出鞋油，仔细涂抹一番。早晨穿着养护过的皮鞋出门，鞋面光鲜，脸面也光鲜。

其实，用液体鞋油养护一下皮鞋，只需要几分钟。几分钟时间，我没有吗？整晚整晚的时间，我无非翻翻闲书，看看电视，并没做什么大事啊。不要说给一双鞋打鞋油，就是给十双鞋打油，时间也是宽裕的。只是，我懒得做。

这是唯一的原因，就像人生中的许多事，因为懒得行动，时间被轻飘飘地晃过去了。懒是心的旁边多了一个"赖"字，一旦心灵与这个字产生瓜葛，光泽与弹性就消失了，剩下的是麻木与无聊。把皮鞋养护好，朝着既定的方向开步走，也许是一种正确的姿态，因为路是走出来的，人生的路也一样。

当信任成为一道屏障

援手

因为不是大白菜上市的季节,那天的早市上只有一个摊位出售白菜,而且,价格不菲。

摊主是一位中年妇女,她把我选中的一棵白菜接过去,不由分说,三两下就把外面的一层老叶子扒掉了。然后,将白菜放到电子秤上。这时,站在旁边的一位老人迅速捡起那些菜叶,放进自己的篮子里,一边喃喃自语道:"孙女养了只小鹅,爱吃白菜叶子。"

付过钱,我又扒下两片菜叶,递给老人。摊主在一旁感叹说:"好人啊。"其实,那是两片残破的菜叶,即使拿回家,我也会扔掉的。也许在她看来,那样的菜叶可以下锅,但我觉得不行。

两片菜叶,顺水人情,居然成全了一个好人。原来做好人这么简单。

这个世界上究竟是好人多、还是坏人多呢?被好人扶助过的人,也许会说好人多；被坏人伤害过的人，也许会说坏人多。但有一点是肯定的，当我们自身心情或处境不佳时，很容易将别人的过失夸大，将那些无意之举当作蓄意伤害。这样，一叶障目，不见泰山，我们往往只看到乌云，而忽略了阳光。

那天，离开燕北园时，雨已下了多时，路面上有深深浅浅的积水。朋友开着车，我坐在副驾驶的位置上。我们回味着刚才和哲学教授的交谈，谈论着关于误解、宽容和换位思考的话题。由于路灯有些昏暗，朋友开得很谨慎，小心翼翼地躲避着路面上的积水。

然而，在一处树影婆娑的地方，他还是把车子开进了水里，车轮溅起一米多高的水花。惊魂甫定，朋友自言自语道："幸亏旁边没有行人和自行车，要不，他们非骂死我不可。"

于是，想起刚才的话题。过去，步行或骑车走在雨天的路上，每逢有汽车从身边驶过，溅起脏兮兮的积水时，我总要诅咒那些司机，以为他们是故意的，是以伤害别人为乐。现在看来，也许是我误解了他们。步行或骑车在雨天里赶路，的确是一件糟糕的事，但这种糟糕与司机们无关。将他们的过失夸大，甚至以道德的名义讨伐，是不公平的。况且，讨伐的结果，只能使自己的心情雪上加霜。

即便是真该诅咒，坐在扬长而去的汽车里，他们也什么都听不见。从头听到尾的，只有你自己。在诅咒中受到伤害的，也只有你自己。所以，不如闭嘴。有时候，宽容不仅是一种姿态，还是拯救自己的一只援手。有这只援手的地方，天地宽广而明亮。

当信任成为一道屏障

在一家叫做秋天的鞋店，我买了一双皮鞋。店员说，这鞋是软牛皮的，穿着舒服。穿上后果然舒服，不挤不磨，不卡不夹，仿佛已经与脚磨合了许久，妥帖得很。我一向害怕穿新鞋，因为我的脚很挑剔，受不得半点委屈。而且，我喜欢走路，如果鞋不配合，我脚下的路会很艰难。这是我记忆中最舒适的一双新鞋，所以我对那家鞋店心存感激。

然而，两个月后，左脚上的鞋莫名其妙地跟脚后跟过不去了，卡得生疼。而且，一天比一天卡得厉害，以致我走起路来一瘸一拐的。我纳闷，这种情况应该在刚穿上的时候出现啊，为什么穿得好好的，突然别扭起来了？我找到鞋店，店家说，软化一下吧。软化过了，还是卡。店家又说，加个小堂底儿吧。小堂底儿加上了，依然是卡。店家苦笑，也许是心理作用，你回去再加一副鞋垫，试试。我像个患了心理疾病的病人似的，失魂落魄地离开了鞋店。

回到家，我加了一副鞋垫，又加了一副鞋垫，脚都快伸不进去了，那个部位仍然卡得生疼。而且，我肯定不是心理作用。这时，我忽然觉得应该检查一下自己的脚。我坐到灯光下，脱掉袜子一看，天啊，脚后跟裂开了一条口子。感觉到卡的那个位置，刚好在口子上。如此脆弱的脚跟，怎么能不卡得生疼呢？我赶忙去药店买了一盒治疗手足皲裂的尿素维E乳膏，抹上后，第二天脚跟的痛感就轻多了。抹过四次后，痛感完全消失，脚后跟再也不觉得卡了。原来是皲裂惹的祸，与鞋无关。可我从未怀疑过自己的脚，一直在鞋上找原因。

有时候，问题往往出在我们最相信的地方。当信任成为一道屏障时，它后面的东西就被屏蔽了。

心灵的距离

拿破仑说："没有永远的朋友，也没有永远的敌人。"朋友之所以不能永久，是因为我们往往情不自禁地把好事做尽，没有给友谊留下必要的空间。

两个人有如两条铁轨,平行着才能走远。真正的快乐是无法分享的,真正的痛苦也无法分担。与一个不幸的人分享幸福,只能使他的内心更加凄凉。心灵和情感上的某些东西是无法替代的,正如两条铁轨不能相交。

心扉敞开,容易伤风着凉。将内心的隐秘昭示于恶人,会成为他手上的把柄;昭示于善人,会成为他精神上的负担,因为他要为你守口如瓶。一个真正成熟的人,不会自找麻烦,也不会让别人为难。

出门旅游,我们在某个景点留影,总要用门匾作背景,并千方百计突出其特点。这是要把距离拉近,表明我们和那个景点之间的关联。假如这个景点就在自家门口,我们反而忽略了门匾,忽略了特点突出的那一部分。这是把距离推远,太熟悉了,审美的角度就要变换一下。

照相如此,人际交往也如此。

适当的距离,是心灵需要的氧气。氧气没有了,心灵就要窒息。亚里斯多德说:"我的朋友们啊,世上根本没有朋友。"说这话时,先哲的心灵一定缺氧。

阅读的境界

开卷有益，那要看打开的是什么卷。福楼拜的名作《包法利夫人》中，埃玛·包法利手不释卷，而她的想象力恰是被那些她所喜爱的言情读物腐蚀的。塞万提斯的小说《堂吉诃德》中，阅读量惊人的主人公堂吉诃德最终成了一个手持长矛，身穿奇装异服的疯子，那正是他两耳不闻窗外事，无休止苦读的结果。假如你把读书当作了人生的全部，以为阅读可以替代一切，那你就走进了一个阅读的误区。

所谓好（四声）读书、读好书、好（三声）读书、读书好，是一个辩证统一的过程。好读书当然无可厚非，这种爱好至少比嗜烟、嗜酒、嗜赌好。但前提是读好书。在浩如烟海的图书世界里，低级趣味的书也不少。好书不一定是名噪一时的书，十八世纪的有些名著充斥着大段大段的道德说教，十九世纪的有些名著随处可见毫无意义的景物描写，在我看来，这些内容拙劣而拖沓。遇到它们，我一概跳过，甚至因为这些内容的存在而放弃整部书。至于如今那些靠豪华包装和商业炒作而大行其道的畅销书们，更没必要去劳神费时。

不喜欢这些书，不是我们的过错，所以没必要怀疑自己的选择。一个作家因一部好作品成了名人，但不一定他的每一部作品都好。雪莱是多么了不起的诗人，但他的《猫》一诗中竟有"一只猫咪真痛苦，确确实实不舒服"这样拙劣的句子。对这种劣质作品，忽略掉就是了。有些所谓的名著是社会和历史的产物，我们没有义务必须接受和欣赏。当然，也不应该因为一个作家的某些败笔而否定他的全部作品。读书是一种私人行为，读什么和不读什么是你自己的事，你只要对自己负责就可以了。是不是名著并不重要，重要的是对身心有益。

　　好读书的"好"字深藏玄机，当它读四声的时候，是一种爱好，但在这里读三声，是一种境界。堂吉诃德把自己埋进书堆里，夜以继日地阅读，十分辛苦，但他过于迷信书本，甚至将书中描写的内容与现实世界混为一谈，结果把书读死了，成了死读书。那么，什么是好读书呢？《从文自传》中说，我读一本小书，同时读一本大书。作家沈从文读的小书是书本，而大书是社会和人生。两者结合起来读，把书读活了，成就了一颗丰富而辽阔的心灵。歌德"能看懂布满星辰的书卷，能同海浪进行对话"，也是好读书的典范。1836年4月11日，马克思在写给女儿劳拉的一封家书中说："书是我的奴隶，应该服从我的意旨。"被动读书者是书的奴隶，只有主动读书者才是书的主人。有了读好书、好读书这两个前提，读书好便顺理成章。

　　古希腊神话中，有个叫安泰的英雄，他是海神波赛尔和地神盖娅的儿子。他所向无敌的智慧和力量，源于脚下的土地。当他遇到危难时，只要脚踏实地，便很快化险为夷。而一旦双脚离开地面，他就会变得不堪一击。有个叫海格立斯的敌人利用他的弱点，将他引诱到空中，轻而易举地杀死了他。安泰的悲剧告诉我们，永远不要脱离现实世界和真实的生活，脚下的土地在，才会有好山好水。做人如此，读书亦如此。

读书如种树

　　读书是眼睛在吃饭，吃进头脑里，滋养着精神。人不吃饭就没有了体力，不读书则荒芜了精神。我对于好书的兴趣，一如对于各种美味。我善待自己的生命，也用心守候精神家园。

　　一本好书到手，我决不胡乱翻看，这如同面对了一道美味，我是不会马上狼吞虎咽的。我先要欣赏那颜色、造型、盛放的器皿，领悟其做工和用心，然后再慢慢品尝。珍馐与面条的吃法永远是不同的。有些书我浏览得很快，甚至只看内容提要或里面大大小小的标题，我知道它在说什么和用了怎样的方法去说就够了，没必要字字句句去费神，因为这样的书多是粗看热闹，却经不得推敲。人的时间和精力有限，在这上面花费得多了，留给好书的就少了。但若是我心仪的书，则情愿将生命分分秒秒地投入进去。我要从扉页开始，一页一页地往下读，从前面的"题"，到后面的"跋"，决不漏掉一个字。

　　心绪浮躁的时候，有这样一册好书在手，读着，世界便渐渐沉静下来。日子变得明亮，身边氤氲着安详、和谐的氛围。抬眼看窗外的云，云也飘逸着有了别样的韵致。这时，我就合了书本，信马由缰地沉思默想，写作的灵感往往在此时闪现出来。

好书是要慢慢读，慢慢受用的，读得快了容易错过许多美好的东西。我读泰戈尔，读海明威，读钱钟书，从来都是字字句句去领悟，决不走马看花。读得细致入微，才能真正领会大师的博大精深，才能对泰戈尔的隽永、海明威的悲壮、钱钟书的深刻了然于心。贾平凹先生在《我要说的话》里劝告他的读者不要对他的作品期望太高，说："如果要读，以平常心随便去读，上厕所读也罢，睡觉前读也罢，只要读得慢些我就满足了。"这是大师的谦逊，这谦逊是真诚的。一本好书，只有慢慢咀嚼，才能与作者心神相通。

我有一间书房，也有些藏书。但书越藏越深，总也没有时间通读。百般无奈的时候，就作想那种"心清自得诗书味，室静时闻翰墨香"的境界，幻想着有朝一日不去奔波了，有了整日整日的闲暇，便在书房种一株兰花，蓄一片清心，安安静静地读尽自己喜爱的诗书。

越是这么想，就越是艳羡古时书生的那份优游，竟然自在得将书分了四季来读。清人张潮在《幽梦影》中说："读经宜冬，其神专也；读史宜夏，其时久也；读诸子宜秋，其致别也；读诸集宜春，其机畅也。"经史子集，冬夏秋春，多美的日月。忙忙碌碌的现代人没有这个福分，滚滚红尘，一地鸡毛，日子一天天浮躁着过去了，书出版得越来越多，读书的时间却越来越少。

就只有寻寻觅觅地拼抢着时间。我喜欢清晨读几篇散文随笔，读得心境恬淡，太阳也升起来了，就步行去上班；晚上翻看报纸期刊，泡过脚了，心神宁静，就专心去读《读者》或者自己喜爱的小说；周末若不出门，则读历史、读哲学、读诗词或者别的什么闲书，要不就写些自己喜爱的文字。这样日积月累的好处是，所有的闲暇都填充满了，日子也就充实起来，不再为了那些无聊的事去寻烦恼。

读书是种树的另一种方式，读一本好书是为自己的灵魂种一株树。好树成林，灵魂的家园就是一片好山好水的艳阳天。

最好的作品

一个写手的最大愉悦,莫过于写出了一篇满意的作品。经过一段时间的心神劳顿,终于为一篇文章画上句号时,那种如释重负的感觉就像是考生走出了考场。但这种满意是短暂的,当头脑冷静下来、心情平静下来以后,你就看到那篇作品的种种不如意了。过去,我有了得意之作,总是舍不得马上出手,总要等一等、看一看,选一家级别高的、影响大的报刊。现在看,这种做法有些幼稚了。

首先,所谓"得意之作",不过是自以为得意。你认为最好的作品,在读者眼里不一定是最好的。你有你的标准,读者有读者的标准,标准与标准并不总是一致的。一篇精心雕琢的作品,不一定像你想象的那样受欢迎,而一篇随意挥洒的即兴之作,也不一定不会得到青睐。《兰亭序》就是王羲之在与朋友聚饮时即兴写成的,因为书法好,文笔也好,成了传世的经典。一篇作品的质量,与付出辛劳的多少,不一定是成正比的。审视自己的作品时,应该多一些冷静与理智,因为它不仅属于自己,更属于广大读者。

其次，即使真的是一篇好作品，也是相对于你当时的水平。一段时间以后，它不一定还是最好的，因为随着阅历的加深，你的思想更加成熟，笔力更加老到。如果一篇作品在你的作品里一直是最好的，那说明你的创作停滞不前了，也许你已经江郎才尽，那是一件可怕的事。所以，一个有实力、有前途的写手，应该是充满自信的，永远不满足于已有的高度，永远不停止追求的步伐。很多年前，听一位蜚声文坛的女作家讲文学创作，有人递纸条提问："你最成功的作品是哪一部？"女作家笑答："没有，我还没有写出最成功的作品。如果说有，那就是我的女儿。"当时，在我们文学青年眼里，女作家已经很成功、很辉煌了，但在她自己看来，她所拥有的只是一个起点。

另外，自己不满意的作品，不一定是没有价值的。有一个摄影家，把自己的得意之作全部整理在相册里。不满意的那些，就随便送人了。后来，他的寓所着了大火，所有的相册付之一炬。可摄影大赛迫在眉睫，情急之中，他从朋友那里要回一张不太满意的陈年旧作。正是这幅曾经被他淘汰的作品，使他一举夺得了当年摄影大赛的金奖。颁奖仪式上，摄影家感慨万千：很多时候，埋没自己的不是别人，正是我们自己。也许不被埋没的方法只有一个，那就是多听听别人的意见。杜甫每写好一首诗，就念给路边的老婆婆听，这个方法可以借鉴。别人的意见不一定准确，但至少是一个重要的参考。人是看不见自己的，如果你想知道自己的模样，就要去照一照镜子。对作品来说，读者就是一面镜子。经常照一照，可以更好地调整自己的创作。

作为一个写手，我当然愿意写出最好的作品。但现在，我不知道它在哪里，何时会出现。路还长，希望在，一步一步往前走吧。

远处

　　小区的自行车棚，外面很挤，里面却空着。稍稍往里走一点，到处都是停车位。偏不。进来一个人，就在外面寻寻觅觅，挤来挤去，只要还有一点点缝隙，就千方百计往里塞。有时挤着挤着，就把旁边的自行车挤倒了，结果，那一溜自行车就像多米诺骨牌一样，一辆挨一辆地倒下去。走到里面的宽敞地带，也许用不了十秒钟，但扶起这些自行车，却要花费十分钟。然而，仍是没人愿意往里走。里面只有几辆锈迹斑斑、缺胳膊少腿的自行车，东倒西歪地摆着。

　　我喜欢宽敞，每次都把自行车放在紧里面。多走几步路，存放方便，取也方便，我不在乎那几秒钟。在乎那几秒钟的人，往往耽误了更多的时间。存放时东挪西挪，取时仍要东挪西挪，如果碰倒了旁边的车子，麻烦更大。

　　出门乘公交车，挺大的车厢，乘客却堵在门口。乘务员一遍又一遍动员大家往里走，嗓子都快喊哑了，就是没人挪动。如果她有针对性地动员某一个人，那人会说，我这就下车。可是，停了一站又一站，他依然稳如泰山。

我喜欢清静，每次乘公交车都往里走。走到人最少的地方，逍遥自在地欣赏车窗外的风景。那些堵在门口的人，仅仅为了下车方便，忍受着一路的拥挤，我觉得得不偿失。而且，拥挤的地方容易有扒手。

偷懒的习性，让人走不远，也看不远，只在近处拥挤。官场上权力拥挤，商圈儿里利益拥挤，职场上争强斗狠，斤斤计较，又是另一种拥挤。其实，往远处走一走，天地宽广得很。台湾作家刘墉说："画，放远看，常更美；山，站远看，常更幽；对名利看得远，就能潇洒；对小人避得远，则少是非；将思想放得远，能洞观事物本体；将心放得远，能少去许多烦忧。人生在世，近朱墨、近声色，都容易，最难得就是个'远'字。"我想，连车棚和公交车上的几步路都不肯走的人，其人生境界也很难"远"。

有时候，我们之所以遭遇各种麻烦和烦恼，陷入纷繁芜杂的境地，是因为离某种东西太近了。走远一点，也许会疏朗开阔。就像站在镜子前，进退辗转，找到了适当的距离和角度，才能看到一个洒脱亮丽的自己。

心灵的杂草

有一个青年,高考落榜后万念俱灰。百无聊赖中,他学会了吸烟、喝酒,成了街边小酒馆的常客,喝着劣质烧酒,想着纷乱的心事,醉生梦死。他周围的人没有想到,外表高大威猛的一个人,竟然如此脆弱。大家鼓励他振作起来,他也试图这么做,因为他并不想成为一个平庸的人,但所有的努力无果而终。

"点一根烟,喝一杯酒,能醉多久?醒来后依然是我。"在同学相聚的 KTV 包房里唱这首歌时,他的眼睛里泪光闪烁。消沉、颓废、自暴自弃、浑浑噩噩,这不是他想要的生活。可是,怎样才能使自己的内心强大起来呢?

有一天,他去看望班主任老师。老师见他失魂落魄、郁郁寡欢的样子,没有劝导,只是慢条斯理地给他讲了一个故事。一位禅师带着他的三个弟子外出巡游,在经过一片田地时,指着田间的杂草问:"怎样才能清除这些杂草呢?"一个弟子说:"这简单,只要有一把锄头就够了。"另一个弟子说:"用火烧更快。"第三个弟子说:"要想斩草除根,非深挖不行。"禅师笑道："你们按照自己的方法清除一片杂草，一年后我们再来讨论这个问题。"

一年后，当他们再次谈起这个话题时，三个弟子都非常苦恼，因为他们都没能如愿以偿地清除杂草。禅师说："杂草的生命力很强，锄、烧、挖，都不是最好的办法。最好的办法是，种上庄稼。"

他听懂了禅师的意思，也明白了老师的良苦用心。人的心灵不也是一片田地吗？如果不种理想的苗，就会长满烦恼的草。他冷静客观地剖析了自己——高考之所以失利，主要是因为自负与任性，对有兴趣的科目，学习起来非常自觉、刻苦、认真，而对没有兴趣的科目，则马马虎虎，敷衍了事，最终导致严重偏科。他的文史成绩很好，但数学成绩很差。这种完全从兴趣出发的学习状态，使他各门功课的成绩很不均衡。在学校，他不是一个全面发展的学生。

但是，现在离开学校了，不必再硬着头皮去学那些自己不喜欢的功课了。换句话说，他拥有了发展自己兴趣爱好的自由。而且，他在写作方面很有优势，他上初中时写的作文，曾被老师拿到高年级讲评。那位讲评他作文的语文老师还把他的作文当作范文，让自己的儿子一篇篇背诵。他想，写作可以成为自己一生追求的事业，这不正是心灵田地上的庄稼吗？

从此，他不再借酒浇愁，工作之余，几乎将全部精力用在了读书和写作上。不久，他的文学作品开始源源不断地见诸各地报刊。天空晴朗了，日子充实了，心境也变得宽敞明亮起来。写作使他找到了自己的人生坐标，心灵的杂草神奇地消失了。

这是我听来的一个故事。给我讲这个故事的人，正是那个青年的班主任老师——我的发小。顺便说一句，我的这位发小也曾在高考中名落孙山。

干活儿是福

"活儿"这个字眼儿从北京人嘴里说出来,别有韵味。有点儿痞,却大方;有点儿玩世不恭,却洒脱;有点儿飘,但不离谱。给你的感觉是,他们胸怀宽广,坦坦荡荡,对什么都无所谓,以一种游戏的姿态漫不经心地调侃一切。

刚参加工作的时候,我到单位附近的一家理发店理发,门厅一溜长椅,坐满了等候的顾客,里面出来一个,外面进去一个。我坐在队尾,边等边看报纸。旁边一个穿着工装的汉子忽然粗声大嗓地对我说:"你开票了吗?先开票后排队。"我起身到里面开票。那汉子又嘱咐说:"推多少钱头开多少钱票。"听那口气,仿佛人的脑袋也是论斤两买卖的。可细琢磨,他的话也没什么错。

给我推头的是一个年轻理发师,不知是因为手艺潮,还是推子有问题,一推就夹头发,疼得我龇牙咧嘴。她苦着脸笑笑,对旁边一位年长的理发师说:"刘师傅,我的推子坏了,这个活儿给您吧。"我恍然大悟,在理发店,我的脑袋只是一个"活儿"。

现在，那家理发店变成了美容院，北京的理发师不知都到哪里去了，里面干活儿的全是外地的漂亮美眉。京腔京韵听不到了，耳边萦绕的尽是生硬的普通话。她们非常周到非常有礼貌，但那繁多的名目和过分的热情，让你分明感觉到温柔后面的刀子。就想，还是北京师傅爽快，尽管不太客气，但让人心里踏实，不用担心被宰。

我上班的那家银行外面，经常停着一溜趴活儿的黑车。有人要打车了，他们不说来了一个客人，却说来了一个"活儿"。在他们眼里，不论尊卑贵贱、男女老幼，只要一上车，都是一样的"活儿"。邻家女孩开一辆旧夏利满世界跑，问她干嘛去，就唱歌似地回答："拉活儿去。"

《现代汉语词典》把"活儿"解释为带有生产或服务修理性质的体力劳动，但北京人把它的外延延伸到了各个领域，什么人都可以把手上的工作叫做"活儿"。教书的、炒股的、经商的、坐机关的、搞艺术的，只要他正工作着，你打电话问他："干嘛呢？"他多半回答："干活儿呢。"

活儿是安身立命之本，只要有活儿干，日子就能有声有色地过下去。那些满世界找活儿的人，实际上是在寻找一条活路。一座工厂没活儿干了，就要倒闭；一个人没活儿干了，就要坐吃山空。所以，干活儿是福，工作着是美丽的。活儿干得越好，你的日子就会越滋润。北京人称赞一个人的手艺，只说两个字：好活儿。做得一手好活儿的人，近可以衣食无忧，远可以发达事业。不能看到别人挣钱就着急，关键是要把自己手上的活儿练好。

有一部老电影，一个日本兵问一个善良的中国农民什么的干活，农民说："我什么活儿都干，但不干坏事。"改革开放后，全民经商，一切向钱看，有人把这句话改成了："我什么活儿都干，只要给钱。"

给钱也不能什么活儿都干，那种损公肥私、损人利己的活儿，给多少钱也不能干。

芳草萋萋长相伴

永恒的露珠

我和几个朋友到五台山旅游，到达台怀镇时，天已经黑了，便在一处简陋的农舍住下来。第二天一早，我们上山游览寺庙。

四月的北京已经暖意融融，而五台山上依然寒气袭人。晨色熹微，清冷的寺院里没有游人，只有一位老禅师在独自打拳，旁边是一株叫不上名字的植物，鲜嫩的叶子青翠欲滴。朋友们要拍摄日出，各自忙着选取合适的角度。我站在那株翠绿的植物旁边，看老禅师打拳。不经意间，我发现眼前的一枚叶子上有一颗晶莹圆润的露珠，在朝霞的映照下，闪烁着美妙的光彩。我一边为这尤物欣喜，一边又意识到她的短暂和无常。当太阳升起来，尘世间又开始一天的喧嚣的时候，她就会无声无息地消失，瞬间的美好，归于虚无。不禁想起汉乐府民歌《长歌行》中的句子："青青园中葵，朝露待日晞。"由朝露的转瞬即逝，叹人生苦短，于是满怀伤感。

老禅师打完拳，用毛巾擦着汗津津的额头，微笑着说："施主看到了什么？"我说："一颗露珠，美得让人伤感。"禅师说："施主应该感到欣慰，伤感是没有道理的。"我说："她的生命那样短暂啊！"禅师说："她若被风吹落，滴入泥土，就化作了滋润绿叶的养料；若被阳光蒸发，扶摇升腾为云，则变作霓虹。她的生命不过是转换了一种形式，是在另一种形式上延续着，何言短暂？"此时，霞光万道，我眼前的世界洁净而明亮。

一个人在尘世行走，身体是一件行李。行李会速朽，而有些东西不会。古代帝王追求长生，只是要延长行李的使用期限，是舍本逐末。那么，怎样才能长生呢？一位作家说，要么写出流传千古的文章，要么做出流传千古的事情，被别人写。遗憾的是，这两条道我们往往都忽略了，而孜孜以求于眼前的浮华。

露珠可以以另一种形态存在，我们的灵魂也可以，比如，旱季的一滴雨，雨季的一缕阳光，阳光中的花香，头顶的蔚蓝。

快乐写作

一位爱好写作的儒商把写作当作一门手艺，生意兴隆时，他经商赚钱，生意不景气了，他就坐下来写，当专栏作家。毫无疑问，这是一个懂得生活的人，对他来说，写作不是什么了不得的事情，他从不惦记诺贝尔奖奖金，也不考虑自己在文坛的位置，但他从写作中获得了快乐。不一定每个写手都有宏大而神圣的使命感，但每个写手都应该健康快乐地活着。抱负过于远大，有时会成为包袱。

有的人写作可以成为文豪，但那是凤毛麟角。你属于凤毛麟角吗？如果是，我恭喜你；如果不是，请听我一句话，放平心态，好好耍你的手艺吧。不惊天动地,不站在寒冷的高处,不一定不是好的人生。奥斯特洛夫斯基说过,生命属于我们只有一次。假如你拯救不了天下苍生,就拯救自己。把自己变成一个亮点,也是对世界的一份贡献。一个个亮点连成片,世界将变成美好的人间。如果你真的爱好写作,那么,点亮自己不需要别的东西,一支笔足矣。

写手手中的笔,有如厨师手上的刀,厨师练刀功,写手练笔力,操持的活计不同,但都是耍手艺。手艺是手艺人安身立命的根本。"闲来写幅丹青卖,不用人间造孽钱。"唐伯虎写丹青,我写文字。朋友说:"写个大部头啊,就像《战争与和平》那样。"我答:"我现在只有零散的时间,只能写零散的作品。"有人说,短篇是人玩作品,长篇是作品玩人。于是,我庆幸没有被一支笔牵着鼻子走。我敬佩某些作家的意志力,但没有那份狠劲儿。又有人说,短篇要功夫,长篇要刻苦。于是窃喜,假如豁出去,我也能鼓捣出一部可作枕头的书。

"不想当元帅的士兵不是好士兵。"拿破仑说这话时,已经是法兰西元帅了。与其让一个灰头土脸、饥肠辘辘的士兵做元帅梦,不如让他痛痛快快洗一个热水澡,然后,吃一顿饱饭,睡一个好觉。对他来说,这才是最重要的。我的意思是,不想当文豪的写手照样可以是好写手,不要让那些虚妄的想法妨碍了自己的快乐。

芳草萋萋长相伴

去小区北面的川菜馆吃饭,我喜欢坐在把角靠窗的位置。窗外是一大片空地,空地上长满了野草。透过宽大的玻璃窗,可以清晰地欣赏这些草。庄稼是整齐排列的,草坪是整齐分布的,而野草按照自己的方式随意生长,一点都不整齐。一杯一杯地喝着酒,看窗外的野草在风中摇曳,醉眼朦胧中,就有一种人在天涯的感觉。

不远处原先也有一家川菜馆，因为墙上挂着一幅宽大的风景画，我成了那里的常客。一片郁郁葱葱的野草，几株矮蓬蓬的杂树，远处有雪山，山下有牛羊，画面简单而普通。但那原始状态的山野深深地吸引了我，使我感到一种辽远而沧桑的人生况味。

窗外的野草让我想起那幅画，尽管没有了雪山的映衬和牛羊的点缀，但咫尺间的苍凉和野性，令我心动。风雪交加的日子，一边热腾腾地涮着火锅，一边欣赏窗外的枯草、杂树，久远的往事便浮现出来。天寒地冻的岁月里，草是温暖的，有干草的屋子，温馨而亲切。

读中学时，校园的边边角角长满了野草，一个暑假的工夫，高了，密了，一片一片，绿意盎然。下了晚自习，在蜿蜒的草间小路上散步，想着"长城外，古道边，芳草碧连天"的句子，月光如水，心也如水。然而，新学期开始不久，校务处便发动同学们除草。好好的草，被连根拔掉。没有了草，单调而乏味的黄土地面在阳光下裸露着，一刮风，暴土扬长。如果拔掉野草后种上草坪，可以理解为校务处追求整齐，但什么也不种，一任地面光秃秃地裸露着，我实在不明白他们的用心。

一位农学院教授说，就净化空气而言，乔木优于灌木，灌木优于野草，野草优于草坪。那么，即使拔掉野草后种上草坪，也是弄巧成拙。生长野草的地方，人们可以随意进出，而面对高贵的草坪，人们必须绕道走。有野草的地方，草迁就人；有草坪的地方，人迁就草。所以用野草美化居住环境，更能体现以人为本。况且，野草生命力旺盛，不必百般呵护。

如果我有一座属于自己的园子，就让野草按照自己的生命形态自由地生长，该枯时枯，该荣时荣。即使看上去肆无忌惮，也决不横加斩伐，而代之以整齐的草坪和擅长讨好的花朵。芳草萋萋，朝夕相伴；岁月悠悠，一切随缘。

独自游走

出门在外，我喜欢安步当车。从甲地到乙地，如果时间允许，我的交通工具就是两条腿。一个小时不够就走两个小时，一天不够就走两天，只要允许走，我愿意一直走下去。

我甚至想沿着红军长征的路线徒步走一趟。那两万五千里路，当年红军走了一年，他们是边打仗边行军的。我不打仗，半年应该够了，可惜我一直没有那么长的假期。我还想徒步走新疆，体味戈壁、沙漠的壮美，领略多姿多彩的边城风情，就着罡风和烈酒，尽情享用维族人烤的羊肉串和吐鲁番的葡萄。大漠孤烟，长河落日，行走在苍茫大地上，襟怀因蓝天的辽阔而宽广，灵魂因浮云的闲适而安详。

但现在，我行走的路线是从家到单位，从单位到家。城市道路乏善可陈，惟有中途叫做南山的一段路，令人赏心悦目。杂树丛生，郁郁葱葱，林间散布着练功人踩出的一块块平地。人工整修的痕迹少，自然生长的草木多，走在山间小路上，仿佛身在万丈红尘之外。陶渊明"采菊东篱下，悠然见南山"，好不逍遥。我也有南山啊，我在南山也能采到金黄的秋菊，也有一份悠然的心境。

走路的好处有三个。一是可以健身。一位老中医说："最好的药物是时间，最好的医生是自己，最好的心情是平静，最好的运动是步行。"每天步行 40 分钟上班，再步行 40 分钟回家，身心舒畅，睡眠安稳。二是可以边走边想问题。我的许多作品都是在路上构思的，有时甚至具体到遣词造句。如果开车，这是不可想象的。所以，"走"为上策。三是随意。时间宽裕就溜达，时间紧张就暴走。多窄的路也能通过，崎岖坎坷全没关系。无塞车之苦，无丢车之虞。有时边走边想，这是在旅游啊。

纽约人深知这三个好处，所以他们的衣、食、住赶在时代的前面，而行却"走"在时代的后面。在美国，纽约人是最早拥有汽车的，第一辆福特汽车在底特律出厂后，就是被一个纽约人买走的。可近百年后的今天，他们却养成了拔腿就走的习惯，不论七尺壮汉，还是窈窕淑女，个个健步如飞。据说，纽约女子肩上的背包总是宽宽大大的，因为里面放着一双高跟鞋，以便登堂入室时换下脚上那双脏兮兮的球鞋。超级大国的人们不爱汽车爱走路，并非他们买不起汽车。你懂我的意思了吗？我夸说走路的种种好处，并不能说明我是阿 Q。

"走走走走走啊走，走到九月九……"我在这一天登高远眺，望尽天涯路。看见了自己走过的路，也看清了下一步要走的路。然后，整整行装，继续上路。

越简单越好

　　每次出差，我的行李总是同行者中最简单的，几件换洗的衣服，几样常用物品，一个不大的背包。能简就简，可有可无的东西一律不带。身边的东西少，牵挂就少，说走就走，自由随意。有的人生活讲究，出门像搬家，大包小包，大箱子小箱子，杂七杂八的东西一样都不能少，甚至连毛巾被都要带上。我看着累。不要说毛巾被，我连洗漱用品都不带，那些东西宾馆里都有。他们盖宾馆的被子睡不着觉，我睡得着；他们觉得宾馆的东西脏，我不觉得。苦孩子出身，没那么麻烦。

　　有一回在星明湖度假村参加笔会，头天晚上唧唧喳喳、兴高采烈的女诗人，第二天却无精打采、神情恍惚。一问才知道，她睁着眼睛在沙发上坐了一宿。为什么不睡觉呢？她说，宾馆的床什么人都睡过，想想就恶心。我心说，宾馆的沙发什么人都坐过，你不觉得恶心吗？你最好手背后，脚并齐，在房间里站一宿。幸亏笔会只有三天，如果多开几天，她连性命都保不住，因为医学专家说过，人不喝水能活七天，不睡觉只能活五天。讲究到这份儿上，简直没法出门了，东西带得再全也不行，你总不能像蜗牛似地随身背一座房子吧？还是粗糙一点好，能将就的将就，能凑和的凑和，随遇而安。轻装是旅途轻松的前提，当然也是快乐的前提。

如果不是太远的路，我干脆两手空空，连包儿也不背。随身只带两样东西：钱和手机。能买票坐车，能下馆子吃饭，能对外联络，够了。有的人总是包儿不离身，连喝水的杯子也要随身携带，多累赘啊。渴了，我宁愿买矿泉水喝，喝完把瓶子一扔。当然，我说的是有水可买的地方，如果去人迹罕至的戈壁荒漠，还是应该把水带足。那是特例。平时，我们的活动范围基本上是在有人烟的地方，只要兜儿里有钱，吃喝是不成问题的。带钞票比带水和干粮方便得多，有人愿意为你服务，干吗不成全人家呢？

一位期刊编辑告诉我，他喜欢我的文字，因为简洁干净。简洁干净，是我的追求。一篇文章犹如一个行囊，多余的统统去掉。我这人才情不高，写不出才华横溢的美文，但文章成型后，总要字斟句酌地推敲几遍，将边边角角打扫干净，免得让那些汤汤水水去浪费读者的时间。我的文章不一定好，但我写作态度老实，对读者真诚，我反感那些花里胡哨的文字。假如我是一个够级别的官员，大抵也要轻车简从，我觉得那样比前呼后拥自在。乾隆为什么喜欢微服私访？因为一袭布衣，三两个伙计，能让他闻见真实的人间烟火味。有时候，越简单离快乐越近，铺张奢华反而容易把快乐淹没。

一个人呱呱落地时，人生的行囊是空的。于是，双拳紧握，不停地挥舞，发誓要将它装满。在世上走了一遭后，终于装满了，也已不堪重负。离去时，两手撒开，什么也不要了。那一刻，他一定深深领悟到：对于生命，真正有意义的东西并不是很多。既然如此，何不早些删繁就简呢？

雪伐

2003年11月6日晚，我坐在电脑前写作，因为还没有供暖，房间里清冷清冷的，手脚冰凉。久坐的人，最怕来暖气之前的这段时间，室内的寒气，简直透彻骨髓。北京的正式供暖时间是11月15日，可在我的记忆中，只要一进入11月份，暖气就有些温了。哪怕只是一点点温，日子也好过得多。

我起身去摸窗台下的暖气片，却惊奇地发现窗外下雪了，车顶已经发白。接着，我听到几声轰轰隆隆的闷雷。回身看表，8时45分。古诗《上邪》里有"冬雷震震，夏雨雪，天地合，乃敢与君绝"的句子，那是爱情的海誓山盟。冬天打雷，预示着一场爱情的完结。那么现在，谁的爱情出事了呢？第二天的报纸上写着，昨晚的雪地雷是北京有气象记录150多年来出现时间最晚的一次。冬雷震震，我为天下的爱情祈祷。另外，这场雪的降水量也是150年来历史同期最高的一次，城区达到23毫米，大兴达到34毫米，以致郊区的种养业农户遭受了不小的损失。那景象，该是十分凄惨的吧？

我所看到的是，许许多多树木遭了殃。道路两旁，还有我上班经过的南山，到处都是大大小小折断的树枝，有些树甚至拦腰折断了。那么轻盈的雪花，怎么会压折粗壮的枝干呢？以往数九寒冬的雪，飘飘洒洒，铺天盖地，却从未如此毁坏过树木。走在上班的路上，看着眼前七零八落的树枝，我忽然觉得，不论多么轻盈的东西，只要大量聚集在一起，就会沉重得可怕。那么，怎样才能避免这种灾难呢？也许办法只有一个，那就是不给它们集结的机会。对树来说，就是落光叶子。当雪花无法大量附着在光秃秃的树枝上时，树就安全了。今冬的雪来得太早，树们还没来得及落叶，许多树上的叶子甚至还绿着，漫天飞雪时，这些叶子便承载了足以压折树枝的积雪。

如果将人生的烦恼比作雪花，那么欲望就是承载雪花的树叶。越是枝繁叶茂的树，越容易承载积雪，也就越容易被摧毁。无欲则刚，欲望不存在了，烦恼便随之消失。所以，快乐的真谛也许是删繁就简，清心寡欲。

电话

自从家里装了电话,我的时间就不再完整了。它象一部切割机,把时间分成长长短短的段落,我就在那样的段落里读书或者写作。

清闲的时候,接听电话是一种消遣。可忙碌的时候,电话铃声又让人心烦。盼着某人来电话时,世界安静得出奇;在宁静中思想时,电话铃却惊天动地地响起来。这是一种矛盾,你享受了电话的好处,就要面对相应的烦恼,权力和义务永远是对等的。

电话作为一种通讯工具,作用的大小因人而异。有的人在电话里聊得投缘,见了面却彼此无话,所以他们只打电话,极少谋面,用煲电话粥的方式维持着交情,也维持着电话局的利润。有的人在电话里三言两语,时间、地点一确定,马上挂机。不是为了节省话费,而是举着话筒无话可说。可是一见面,三杯酒下肚,话题就被激活了。

我有一些只打电话不见面的朋友,工作的甘苦,生活的悲欢,人生感悟,各种信息,都在电话里交流。有时也说,该聚一聚了。可大家都忙,总也找不到相聚的时间。冬天说,天太冷了,暖和以后再说吧。可天一暖和，溽暑很快就来。又说，还是等凉快些吧。等来等去，天又冷了。很简单的事，却被一年一年地拖延着。不承认自己懒，只说北京的春秋太短了。与这些朋友打电话闲聊，便成了不可或缺的一项生活内容。

也有一些朋友只在酒桌上谈天，互相注视着对方的表情，谈话才有灵感。对这类朋友，电话只是用来发通知。可视电话能够看到对方的表情，但那毕竟只是看图像，不如面对面真实。况且，电话旁边不可能总是备着酒宴，一边吃喝助兴，一边通话。所以，打电话不能完全取代酒桌上的聚谈。

电话具有浓重的神秘色彩，铃声响起，不知道里面会传出谁的声音。也许是你盼望已久的人，也许是你正在躲避的人，也许给你带来喜讯，也许给你带来麻烦。你接听了，也许引火烧身；你不接听，也许错过机缘。这是一道关于电话的哲学命题，这命题常常让人进退维谷。有的人害怕骚扰，索性摘掉电话，让麻烦和机缘同归于尽，就象倒洗澡水，连同孩子一起倒掉一样。

据说，讲究交际艺术的好莱坞影星们即使守在电话机旁边，也要等铃声响过三下以后接听，因为这样可以显示自己工作繁忙，日理万机。依此推断，我的女儿将来很难成为国际影星，因为电话铃一响，她就象听到十万火急的军令，即使从梦中惊醒，也会以最快的速度翻身下床，光着脚丫，一溜小跑地去客厅接听。

可有时拿起听筒，刚刚嫩声嫩气地"喂"一声，对方竟挂断了。真是急性子，连我女儿接电话都等不了，要是遇到好莱坞影星，可怎么办呀。

第二辑　北京十点，阳光灿烂

十点，是一天中最美好的时刻。北京永远处在这一时刻，永远阳光灿烂，那一定是一个美丽而神奇的地方，因为那里有天安门，有毛主席。于是，一个愿望诞生了，我希望有一天，走到北京的阳光里去。

母爱的光辉

国庆长假第一天，为了躲避拥堵，我选择在家阅读。闭门即是深山，读书随处净土。

女作家张洁的散文《世上最疼我的那个人去了》，十多年前读过。再读，依然被感动，她把母爱写到了极致。茶香氤氲的国庆节的早晨，这篇优美的散文使我再一次沐浴在母爱的光辉里。

我幼时的家境，并不比张洁散文里的情形好多少。父亲在一座遥远的小城工作，母亲带着我和弟弟生活在鲁西南一个贫寒的乡村。我家的土屋在村子的最西头，与大片的村舍隔开一段距离，看上去显得孤零零的。屋后是一片枣树林，北风呼啸的冬夜，那些干枯的树枝发出尖利的叫声，仿佛天地随时会被撕裂。煤油灯一点点暗了，暗了，然后屋内一片黢黑。母亲搂着两岁的弟弟睡在土炕那头，我比弟弟大两岁，睡在土炕这头。黑暗中，母亲轻声问："害怕吗？"我说："怕。"母亲说："抱着我的脚。"她把一只脚伸过来，顶着我的下颔。我双手紧紧抱住母亲干燥的脚后跟，在狂风怒吼声中渐渐进入梦乡。

由于外祖父的重男轻女，母亲没有上过学。她说过的最有文化含量的话，是"生在新中国，长在红旗下"。那是参加家长会时，她从校长的讲话中学到的。母亲对我和弟弟说这句话时，脸上的神情很复杂。有遗憾，因为她没有赶上"生在新中国，长在红旗下"；有欣慰，因为我和弟弟赶上了；有希冀，在我和弟弟身上，寄托着她未了的心愿。

母亲虽然没有念过书，却深明大义。她是一个有家国情怀的人，懂得许多只有文化人才懂的道理。村里的小学开学后，我和弟弟同时入学。从此，她像关心地里的庄稼一样关注我们的学业。每当我和弟弟学习不努力或者做错了事情，她就让我们跪在毛主席像前，向毛主席他老人家起誓：好好学习，天天向上，将来报效祖国。

母亲有一双巧手，村里人裁剪衣服，都找她帮忙，因为她总是能剪裁出时兴的款式。假如我和弟弟获得了学校颁发的奖状，她给我们的奖励是一双新鞋。鞋底是她一针一线纳成的千层底儿，鞋帮儿上是用缝纫机砸出的花鸟图案。我和弟弟穿着这样的新鞋出门，全村人艳羡不已。

我家院子旁边便是广袤的田野，工间休息时，生产队社员三三两两到我家休息、喝水，包括那些省城来的插队知青。母亲教女知青缝纫技术，女知青教我和弟弟唱歌。一位叫常永华的济南女知青教我唱的《火车向着韶山跑》，至今记忆犹新。常永华的衣服破了，母亲就把那个破洞修补成一朵花，惹得她挑着眉毛又笑又叫。女知青们纳闷，一个农村妇女怎么会有如此高超的缝纫技术？后来她们知道，母亲是随父亲下放到这里的。在此之前，父亲是京城一家钢铁企业的工程师，母亲是京城一家服装厂的技术工人。于是，她们把母亲看作见过大世面的人，来往更加密切。

那时我家最重要的财产，除了一台缝纫机、一辆自行车，便是一台红灯牌收音机。母亲喜欢听广播，尤其喜欢听评书。在听完岳母刺字那个故事后，她笑着对我和弟弟说，你们俩也姓岳，因为你们年龄太小，我就不在你们背上刺字了,但是精忠报国四个字,你们要记在心里。母亲半开玩笑半认真的话,使我感到震撼。望子成龙,是天下父母共同的心愿,但母亲不仅希望她的儿子出人头地,还要求他的儿子效忠祖国。对一个没有文化的乡下妇女来说,这是难能可贵的。

我考取县城一所重点中学后,开始在学校寄宿,一个月回家一次。回家的那个周末,我沿着运河大堤骑车35里路,快到村头时,远远地看见母亲在那里张望。她像迎接远方的客人一样,一把接过我手上的自行车,激动得说不出一句完整的话。夕阳西下,伴随着袅袅炊烟,炒菜香与肉香从我家土屋飘散开去。母亲在昏暗的煤油灯下看着我狼吞虎咽,脸上洋溢着幸福的笑意。她不再给我讲任何道理,只是默默地注视着我,慈爱的目光里充满信任。

穿过悠悠岁月,我在这个特殊的日子怀念母亲,寄托了对祖国的真挚祝福。我想,一个人是有两个母亲的,一个是生母,一个是祖国。

一本残书

　　我在鲁西南一所乡村中学念初中时，从一位牧羊老人那里得到了一本残书。当时，他正一页一页地撕着卷烟抽。尽管那本书的纸张已经发黄、变脆，但用它和自家田里种的烟叶卷成喇叭形的烟卷后，老人依旧抽得津津有味。我对老人说，我喜欢书里讲的故事，能不能把书送给我？老人笑了笑，让我拿去了。作为回报，我把所有用完的作业本统统送给他卷烟用。

　　在以后的很长一段时间里，这本残书使我成了村里的"故事大王"。伙伴们喜欢听我讲故事，但我的故事没有名字，因为那本书没头没尾，一开始就是一位叫史更新的孤胆英雄和日本鬼子拼刺刀。书里间或还有缺页和残页。为了故事的完整，残缺部分我只好凭想象现讲现编。那个村子很穷，有文化的人很少，没人能讲这么长、这么有意思的故事，所以在伙伴们眼里，我成了一个有点神秘色彩的"人物"。

　　这给我带来不少好处。首先是不用做值日，轮到我值日的时候，那些扫地、擦黑板之类的活儿，全由爱听故事的同学替我干了。其次是经常有零食吃，花生啦，蜜枣啦，谁有了好吃的，差不多都能想着我。也正是从那时起，我明白了一个道理——吃了人家的嘴短。人家让我讲故事时，我不好意思拒绝了。

当然，我也没打算拒绝。我白天偷偷阅读那本残书，晚上再把读到的故事讲给伙伴们听。讲的时候，可以喝到茶水，吃到零食。如果讲到夜深人静，卖包子的小贩出来吆喝了，还能吃到羊肉白菜馅包子。那感觉，和在星级饭店吃一顿大餐没什么两样。为了口福，我变得象狐狸一样狡猾，一讲到惊心动魄的关键地方，就"且听下回分解"。伙伴们一个个急得抓耳挠腮，怎么能等得到"下回"呢？他们不去睡觉，也不让我睡。磨蹭来磨蹭去，卖包子的小贩就开始吆喝了。

除了那位牧羊老人，没人知道我手上有一本残书，当然也就没人知道我的故事的出处。伙伴们以为所有的故事都是我编的，他们把我看作"故事大王"。遗憾的是，我一直不知道那本残书的名字。后来，我到县城读中学，在学校图书馆里看到了那本书，这才知道它的名字叫《烈火金刚》。在以后的岁月里，《烈火金刚》成就了我的英雄主义情结。

蜜糖罐

苦日子中的苦孩子，对甜格外敏感。在二十世纪七十年代的鲁西南乡村，孩子们能够吃到的甜东西非常有限，我记忆最深的有甜棒、梨膏和一盒朱古力。

"甜棒"是当地土语，它的学名叫甘蔗。鲁西南不产甘蔗，南方的甘蔗又见不到，所以我只能从书本上认识这种甘甜美味的东西，"甘蔗林·青纱帐"是我的一个遥远的梦。记得读过一本小人书，一个台湾的国民党特务在甘蔗林里迷了路，七天七夜，全靠甘蔗充饥，最后被当地渔民抓获。当时，我对这个国民党特务羡慕极了，他居然在甘蔗林里吃了七天七夜甘蔗，而我长到十岁，连甘蔗的模样都没有见过。我能够见到和吃到的，是玉米秸杆。抽穗后的玉米秸杆，有的也甜，那是我的甜棒。但吃了秸杆，那棵玉米就报废了，影响收成。若等到收了玉米再吃，秸杆又老了，不仅水分减少，味道也变得稀奇古怪，不甜，也不酸，有点臊。面对茁壮茂盛的玉米地，大人们憧憬着丰收，孩子们惦记着甜棒。我常常在割草、放羊时偷偷砍了甜棒，躲在隐蔽处大嚼一番。假如不小心被大人发现了，那一天就要饿饭。大人们总是振振有辞，你吃了秸杆，就收不到粮食了。没有粮食，拿什么给你吃饭？甜棒和粮食矛盾着，孩子和大人矛盾着，孩子要甜棒，大人要粮食。

口袋里若有零钱，可以到代销点买梨膏，那是一种高级甜食。"梨膏"也是当地土语，指的是有纸包装的糖块。那时的糖块品种单一，我能见到的大约只有水果糖。能够吃到一颗水果糖，已经是天大的口福了。在那个贫穷的乡村，不要说孩子们兜儿里没有钱，大人兜儿里也没有。家家养着几只母鸡，日常用的油盐酱醋、针头线脑，全用母鸡下的蛋到代销点去换。如果母鸡接连几天不下蛋，就只有赊帐。大人能赊出东西来，孩子不能。小孩子要想吃到梨膏，只有两个办法，一是挪用买学习用具的钱，二是偷拾鸡蛋。第一个办法太冒险，一旦老师告诉家长，不仅要挨打，还要饿饭。那就只能打鸡蛋的主意。只要母鸡往鸡窝里一卧，就死死盯住。下蛋后，赶忙用玉米粒将母鸡引开，以免它"咯咯咯——嗒——"地叫着报警。然后，一把抓起那个温热的鸡蛋，一溜烟似地朝代销点跑去。口袋里装着几颗梨膏，脸上的神情就像个阔佬，走起路来摇头晃脑，不可一世的样子。

那时，父亲在外省的一家钢铁厂工作，很少回家。有一年中秋节，他寄回来一个精美的铁盒，长方形的盒子上写着"朱古力"三个字。朱古力是什么东西？因为只有一个盒子，没有信，谁也不知道里面装的是什么。盒子密封很好，二舅费了好大力气才把它撬开。打开一看，原来是两排栗色的小球。二舅一脸纳闷地说："邮一盒中药丸子干什么？"可用舌头一舔，是甜的。大家更是丈二和尚摸不着头脑，不知道这种药丸子似的东西能不能吃。我小心翼翼地吃了一颗，又甜又香，味道好极了。过了一段时间，我的肚子平安无事，才知道那是一盒好东西。知道那是好东西后，我很快就把那盒朱古力吃光了。后来对父亲说起此事，他笑得像火车汽笛一样响。当年，在那个叫苏堂的村子里，走南闯北的父亲是最有见识的人,没人能够比得上他。

或许是贫寒的日子里太缺少甜的滋味了,那个年代经常"忆苦思甜"。吃更低劣的饭食,想更辛酸的往事,于是,感觉甜了。五保户李奶奶总是感慨万千地对我说:"你啊,一生下来就掉进蜜糖罐里了。"

下晌午

"下晌午"不是一个时间概念,在童年的乡村,它是我的口福。

那时,父亲在一家公社所属的钢铁加工厂当业务员,天南海北的朋友很多。父亲的朋友来了,母亲就忙着张罗一桌好饭。饭菜上桌后,她就躲到一边去了,我和弟弟、妹妹也随母亲躲到一边,这是老家的习俗。

闻着饭桌上的菜香、酒香,看着父亲和他的朋友边吃喝边谈天说地,我想,当大人真好,我什么时候才能长大呢?可除了年节和假期,时间总是过得很慢,尤其是有客人来的晌午,简直漫长极了。我眼巴巴地盼着客人走,因为客人一走,我就可以和弟弟、妹妹享用桌上剩余的菜肴了,那些剩余的菜肴叫"下晌午"。

但客人总是不走,他们和父亲似乎有说不完的话题。他们说什么,我听不懂,也不关心,我关心的只是"下晌午"。其实,桌上的菜肴并不丰盛,通常只有一盘炒鸡蛋和一盘猪头肉拌白菜心,偶尔会有一盘凉拌藕片或者沙丁鱼罐头。因为菜肴不多,我担心他们会吃得一干二净,那样我就享受不到"下晌午"了。

有一回，我实在等不急了，借口问生字，朝父亲的饭桌走过去。父亲看着我手上的课本，笑着说："这个字你不认识吗？你应该认识的，念'馋'啊。"满面红光的大个子叔叔哈哈地笑着，用筷子蘸了一滴酒，抹在我的舌头上。我的舌头立马像着了火，辣得眼泪都流出来了。大个子叔叔笑得更响，边笑边夹了一大块炒鸡蛋，放进我的嘴里。一壶酒快喝光了，而盘里的菜肴还有一多半。那么难喝的酒，他们喜欢喝，而美味的菜肴，他们却吃得很少，我觉得这是一件奇怪的事。

于是，天天盼着客人来，尤其是那些只管喝酒，很少吃菜的客人。他们来了，爸爸、妈妈高兴，我也高兴，一溜小跑去代销点打酒，然后帮妈妈拉风箱、烧火，然后就在灶间心不在焉地看书、写作业，等着"下晌午"。如果到了上学时间他们还没有喝完，整个下午我都会神不守舍，课间休息时赶紧回家看看。好在村里的小学校离家很近，我吃完"下晌午"再去上课也不会迟到。

参加工作后，父亲的餐桌上有了我的筷子和酒杯。母亲张罗完饭菜，依旧躲到一边，而我却和父亲的客人平起平坐了。父亲渐渐不胜酒力，就让我代他陪客人喝酒。他变得喜欢怀旧，总是一边看着我和客人喝酒，一边喋喋不休地诉说那些陈年旧事。对那些曾经的伤痛和快乐，他总是念念不忘。于是我知道，父亲老了，我等"下晌午"的那个年代已经远去了。

海子与运河

  在鲁西平原上,苏堂是一个不大的村子,共有东西走向的两条街,一条叫前街,另一条叫后街。我家住在后街的最西边,屋后是一片枣树林,再往后,是一片矮蓬蓬的榆树林,枣树林和榆树林之间,是一条窄窄浅浅的沟,人们叫它海子。

  据说,很多年以前,那是一片深深的水域,水域和枣树林之间有一道高高的围墙,是为防御土匪侵袭而修建的。后来,围墙渐渐成了颓垣断壁,海子也干涸了。干涸了的海子里长满了毛杨及各种各样的野菜,村里的孩子们常在那里放羊和游戏。

  大约在我六七岁的时候,海子有了水。尽管只是一条窄窄浅浅的水沟,却让我的整个夏天清凉快乐。羊在岸边吃草,我就下水游泳,悠悠地仰在水面上,望着天上的云朵和水边安静而灿烂的野花,世界只剩了单调的蝉声。

  渐渐地,对海子的浅水不满足了,就到前街南面的水坑去游泳,那里不仅水深,而且水面开阔。一场暴雨,南岸的水就溢出去,淹了一片毛杨地。背个篓子，从北岸游过去，可以到毛杨地的浅水里捉鱼虾。当然，你水性要好，否则，就只能绕个大圈子，走到对岸去。我一直在坑边游，从不敢到水坑中间去，尽管南岸对我充满了诱惑。那天，在小伙伴们怂恿下，我终于朝对岸游去。意想不到的是，我竟轻轻松松游上了岸。从此，水坑没有了禁区，我可以在任何一片水域自由自在地游来游去。

离坑不远的地方有一口井，那是全村唯一的甜水井。井的地下水脉与坑相连，坑水深，井水也深，坑水浅，井水也浅。有一年大旱，坑水最深处刚刚没到腰部，两台抽水机日夜不停地抽，终于将坑里的水抽干了。"翻坑"使村人收获了鱼虾，却只能从后街的咸水井里汲水吃了。

那年开春儿，村人们清理了坑底的淤泥，整修了坑堤。到了夏季，几场暴雨，坑满了，甜水井也满了。重新吃上甜水的人们，很少到坑里游泳了，坑水一天天变得清澈起来。

偶尔，我和伙伴们会到村西的运河去游泳。运河距苏堂村大约一里路，高高的河堤是一条通往县城的公路，我们通常是到河岸一带割草时顺便游泳。在流动的河水里游泳，游着游着就偏了，假如偏到对岸的红薯地头，就挖一块吃了再回来，沙土地里的红薯，挖起来很容易。只是要警惕附近的窝棚，那里住着看青的人。正午十分，看青人一般都在窝棚里睡觉，所以我们的胆子会大一点。如果窝棚在远处，那就不仅挖红薯，还要到瓜田里摘几个甜瓜。运河将两个村的庄稼地隔开，河东是苏堂村的，河西是毛湾村的。偷了外村的庄稼，不仅没有做贼的感觉，心里还鼓荡着一股英雄豪气。

吃饱了，游累了，就到大堤上看汽车。汽车简直太神秘了，它从哪里来，到哪里去，车上都是什么人，对我来说全是迷。这些迷一直困惑着我，直到我到县城读中学。

过年的花炮

  在幼时的乡村，人们把鞭炮叫做"鞭花"，二踢脚叫做"两响"。这两样东西只有过年时才有，于是，便眼巴巴地盼着过年。
  那时的乡村没有炉火，更没有暖气，人们用庄稼秸秆和柴草生火做饭。饭做好了，火就熄灭了。所以冬天的室温和外面差不多，外面冰天雪地，屋里滴水成冰。一到冬天，我的脚、手和脸就冻裂，冻烂，又疼又痒。但仍是盼望冬天，因为冬天里有年三十。年关一临近，村子里到处是一派欢乐祥和的气氛。人们从十二里外的集市上买回红纸、蜡烛、灯笼、烧酒和肉等年货，当然还有鞭花和两响。村里的书法佼佼者开始为左邻右舍及慕名而来的乡亲们写春联，家家户户炊烟袅袅，飘着肉香。放了寒假的孩子们在街巷里摔四角、抽陀螺，间或有人放几个鞭花。
  为了防潮，大人们通常把鞭花藏在炕头的被褥下，因为那里暖和干燥。孩子们知道后，就一个一个地偷偷拆了，装进口袋里，和伙伴儿们游戏玩耍时一鸣惊人。有一年春节，父亲藏在炕头的两挂鞭花都被我和弟弟偷拆光了，直到三十晚上饺子下锅时，他才发觉。鞭花没有了，可又不能没有响声,父亲想了想,将一个破铁盆放在地排车上,递给我和弟弟每人一根小棍,说:"敲吧,使劲敲!"我和弟弟便惊天动地地敲了起来。顿时,鸡们红着脸咯咯咯地上蹿下跳,猪在圈里伸着脖子嗷嗷怪叫,拴在树上的羊睁着惊恐的眼睛挣来挣去,就连一向温顺的小花狗也不知所措地狂吠。直到母亲出来制止,院子里才安静下来。在乡下十三年,那是我们过的最热闹的一个春节。

记忆中,一到年三十晚上就下雪,鹅毛大雪。吃过年夜饭,打着灯笼,冒雪去照屋后的枣树林,一棵一棵地绕着枣树转圈儿,默念心中想说的话。据说,这样一来,来年的大枣会有好收成。在零零星星的鞭花和两响声中入梦,第二天早晨一觉醒来,大雪已封门。起床穿衣时,发觉棉袄棉裤全换成了新的,而且,棉袄口袋里有一两毛崭新的压岁钱。大人们相互走动着拜年,孩子们就去雪地里打雪仗,捡拾两响壳。那些长长短短的两响壳总让我兴奋不已,每捡到一个,就像是电影《小兵张嘎》里的嘎子得到了一支真枪。四角输光了,我就把两响壳的牛皮纸一层层剥开,用这种纸叠成的四角,威力极大。

因为鞭花和两响价钱较贵,村民们舍不得多买,即使在年三十晚上,村里也很难听到密集的鞭炮声。但有一种叫滴答筋儿的东西却很廉价,二分钱可以买一把儿,一把儿十根,每根大约十厘米长,橡皮筋儿似的,里面是火药,外面是一种灰色的软纸。点燃后冒出星星点点的火星,有点像鞭花或两响的导火线,但燃烧速度慢得多,每根大约可燃一两分钟。因为价钱便宜,滴答筋儿成了孩子们的最爱。夜晚,从前街到后街,只要有孩子们游戏玩耍的地方,就有美丽的火星闪烁。

移居京城后,滴答筋儿再也见不到了。鞭炮声当然可以听到,尤其在年三十的晚上,震耳欲聋,即使将电视音量开到最大,也听不清春节联欢晚会的声音。但往日的兴奋和冲动没有了,望着窗外的夜空,心如止水,波澜不惊。

没有元宵的元宵节

上小学时，我的元宵节里没有元宵，因为那时的鲁西南乡村物质极其匮乏。村民们甚至不用"元宵节"这个字眼儿，只说"十五"，或者"正月十五"。

正月十五是上元节，上元节的晚上即为元宵。从唐朝起，人们通常在这个晚上做两件事，一是吃元宵，二是观灯。那时的鲁西平原没有水田，不产糯米，摇不出美味的元宵。那些大半辈子都没有走出过县域的村民，甚至不知道元宵为何物。即使是念过几年书、粗通语文算术的村民，也只在书本上见过这种带馅的球状美食。

村子里没有灯会，家家户户点上从集市买来的纸灯笼，一家人围着观赏。那种灯笼制作精美，四周绘有吉祥图案，但中间的蜡烛往往不稳，挑着灯笼的手一抖，或者风一刮，蜡烛就歪了，随即把灯笼纸点着。如果灭火不及时，竹质的骨架也会被烧毁。即使救下了骨架，那盏灯笼也成了废品，因为糊灯笼这种手艺，村子里没有人会。二舅虽然不会糊灯笼，但他能把蜡烛固定好，从他手上接过来的灯笼，直到蜡烛燃尽，依然完好无损。

我家住在村子西头，两间老屋后面是三间新房，中间有一条过道相连，形成前后两个院子。前院和后院各有两棵枣树，后院的屋后还有一片年代久远的枣树林。正月十五晚上，我就挑着二舅点的灯笼，一棵一棵地绕着那些枣树转圈儿。据说，小孩子在这个晚上用红灯笼关照过的枣树，秋天会有好收成。

晚上饺子下锅时，父亲喊我放鞭炮。可是，鞭炮呢？他忽然想起，年前从集市上买的两挂鞭炮已经在除夕和初一放完了。当他一筹莫展时，我从炕席下面摸出几个零散的鞭炮，一个一个燃放。那是我从除夕和初一成串的鞭炮上拆下来的，偷偷保存在温暖干燥的炕席下面。父亲在那几声炸响中笑逐颜开，一个美好的夜晚开始了。

那时的乡村小学每年两个假期，麦假和冬假。麦假里，我们去收割后的麦田捡麦穗。放冬假了，我们就溜冰、游戏、欢天喜地过年。过年的花炮里，既便宜又有趣的是皮老鼠。那种褐色的皮老鼠一分钱两枚，大小和形状有如枣核儿，没有引信，两头尖尖的部分均可点燃，然后往地上一扔，它便像老鼠一样冒着火星到处乱窜。

邻家女孩胆小，一看到皮老鼠窜到自己脚下，就尖着嗓子又叫又跳。受过几次惊吓后，她开始向我行贿，贿赂的财物是炸响后的炮仗壳。那些炮仗壳是她从大街小巷、犄角旮旯捡来的，因为炸开程度不同，残留的纸筒长短不一。我把它们一个个拆开，将那牛皮纸叠成四角。摔四角是那时风行的游戏，而炮仗壳上的牛皮纸叠成的四角，威力极大。一天摔下来，我赢的四角装满身上所有的口袋，那是一笔不小的财富。

快乐时光转瞬即逝。当我把四角塞满抽屉的时候，母亲已经为我准备好了崭新的铅笔和作业本，天一亮，我又要去上学了。煤油灯在灶台上忽明忽暗，望着那一朵红亮的灯花，听着窗外呼啸的风声，我没有一点困意。父亲拿过一本小人书，一边陪我看画，一边给我念图画下面的文字。就想，要是我认识那么多字该有多好。父亲似乎看出了我的心思，笑着说，好好上学，你不仅能认识这些字，将来还能写书。

　　皓月当空，皎洁的月光将堂屋照得银亮亮的。宽大的土炕、土炕连着的灶台、灶台旁的餐桌、餐桌边的地面，仿佛落了一层白花花的寒霜。后来我读唐诗，李白床前的月光也是这样的。

老家话

　　在鲁西南一个叫苏堂的村子，我度过了童年和少年时代。17岁到北京，在地铁里第一次听北京人聊天，觉得悦耳极了。那是两个干净漂亮的女青年，在谈论各自刚出生不久的孩子，她们的话语简直像音乐一样动听。相比之下，老家的土话就显得太怯了。所以很长一段时间，我不敢出门与人交往，不得不开口说话时，就模仿电影里说话的腔调，过后自己都觉得可笑。

　　于是，我下决心学习普通话，照着字典一个字一个字地矫正发音，阅读时逐字逐句地用普通话默念，终于练出了一口流利的普通话。普通话与北京话是有差别的，北京话儿音重，发飘，听起来有点散漫，漫不经心的样子，而普通话严谨，郑重其事。刚参加工作的时候，一位同事对我说，听你说话有点累。于是我明白了，普通话是一种官方话、舞台话，适合于播音、做报告、发表演讲，而北京话是一种民间话语，适合于闲聊、侃大山、插科打诨。不会玩北京话的"飘"，在生活中是要吃亏的，至少你骂人不那么潇洒。北京人骂人多是笑骂，看上去像在商量事情。我曾尝试过这种著名的京骂,但被骂的人竟然快活地大笑起来,直笑得上气不接下气,两手捂着肚子蹲在地上。最后说:"笨死你啦。"我想,我还得继续修炼。前不久到长春出差,有一天晚上打车回住处,女司机走错了路。绕过一个路口,又绕过一个路口,我说:"这回差不离儿啦。"女司机重复了一遍我的话,然后说:"北京人说话真好听。"于是我想,也许我修炼得差不多了。

北京话发音好听,但语意不一定比我老家的土话更准确,你可以品味一下下面的这些词语。

(1)大易手,小易手。在距苏堂村12里路的朝城镇,有两家百货商店,北面的一家大些,叫大易手,南面的一家小些,叫小易手。易手,就是从商店买东西。顾客用钱交换商品,店家用商品交换钱,通过手与手的交换,实现钱与货的转移。当时,这两个地方对我来说,基本上没有什么意义,因为我没钱到那里易手。经常到朝城赶集,但只是为了看热闹,解闷儿。兜儿里仅有的两毛钱,只够买一本小人书和两个包子。

(2)铺体,盖体。睡觉时,铺在身体下面的东西叫铺体,盖在身体上面的东西叫盖体。你看,铺体、盖体是不是比褥子、被子更形象呢?那时,尽管生产队每年都种棉花,村人的铺体和盖体却多是破旧的。只有一种人铺新铺体,盖新盖体,那就是新婚男女。他们的铺体和盖体不论是里子、面子,还是里面的棉花,全是新的。于是就没心思上学,只盼着结婚。知道结婚还很遥远后,就把铺体和盖体拿到院子里晒。晒过以后,蓬松柔软,可以闻见太阳的味道。

(3)头晌午,过晌午,晌午歪了。村人不看表,只以太阳的位置计时。日在中天为正午,正午前头叫头晌午,过后叫过晌午。只要日头一过中天,就说晌午歪了。如果晌午歪了,田里的人还没有回来吃饭,家人就扯开了嗓子喊,直到喊回来为止。我那时从不用喊,放学后到村边割点草,或者象征性地帮父亲干点农活儿,晌午还没歪,就回家等着吃饭去了。那时总是饿，对饭香特别敏感。

（4）扁食。扁的食物，即饺子。在我的记忆里，扁食是一种难得的美味，只有过年时才能吃到。一个下雨天，我跑到姥姥家找吃的，却只找到一块白面。我说："咱们包扁食吃吧。"姥姥想了想说："你去地里砍一棵白菜。"不一会儿我就把白菜抱回来了。就这样，我们吃了一顿素馅扁食。那可真是素啊，除了白菜和盐，什么也没有。

（5）喝汤。每天的最后一顿饭，不叫吃晚饭，叫喝汤。村人打招呼，白天问"吃了吗"，晚上问"喝了吗"。因为穷，粮食有限，只能算计着吃。白天干活儿，吃干粮；晚上不干活儿了，节省一点，喝稀汤，闹个水饱。地里的庄稼不能糊弄，你不好好伺候，它就给你颜色看。但自己的肚子可以糊弄，大不了夜里多跑几趟厕所。如今，对喜欢减肥和养生的都市人来说，这种饮食习惯歪打正着。当然，你不能光喝能够照出人影儿的玉米面稀汤，得像广州人那样把营养丰富的好东西搭配着放在锅里，用文火慢慢地煲。喝法也要讲科学和文明，不能端个海碗，找个墙根儿一蹲，呼噜呼噜喝得山响。

从4岁到17岁，我在老家整整呆了13年，那正是一个人的语言形成期。尽管我现在可以说一口流利的普通话，但说起老家的人名、地名以及那段岁月里所发生的一切，用普通话叙述总是感到别扭和吃力。那段岁月似乎用老家的土话定格了，一翻译成普通话就生硬和走样。现在，我平时说普通话，老家的客人来了，就和他们说老家话。他们说："这么多年了，你的口音一点没变。"这有两个原因，一是老家话根深蒂固，二是我经常用老家话与同乡交谈。虽然我感觉自己的普通话说得很地道了，但有人一听就听出破绽。那天和一个女编辑刚聊几句，她问："你不是北京人吧？"我反问："我有口音吗？"她非常肯定地说："有。"我问："你能猜出我是哪里人吗？"她想了想说："大概是山东人吧。"我一惊，幸亏山东人的名声还不坏。

夏日蝉趣

夏天从蝉声开始，又在蝉声消失的时候终结。蝉，成为夏天的一种标志性存在。

在我的老家鲁西南乡村，人们把蝉的幼虫叫做石猴儿，因为它慢条斯理地从地下爬出来时太像一枚沾着泥土的石子了，而它爬树的样子又有几分像猴。这种其貌不扬的昆虫是一道上好的美味，当然，你必须在它长出翅膀之前搞定。一旦它爬上树枝、草棵，完成了蜕变，就飞行自如了。那时，不要说轻易捉不到它，即使捉到，也不再是美味了。

我捉石猴儿有自己的绝招儿，在黄昏的树林，借着微弱的天光，我能够准确无误地判断出石猴儿破土而出的地方，从而轻而易举地将其擒获。石猴儿那两只钳子一样的前爪异常锋利，当它的前爪抓破地面时，地面上会出现一个不规则的、薄薄的小洞，用手指轻轻一碰，洞口大开，石猴儿正立在圆形的小洞里向上张望呢。这时，只要你将一截儿树枝伸进去，石猴儿就会没头没脑地将它钳住。然后，你就可以顺理成章地将它牵引出来。运气好的时候，我一个晚上可以捉到几十只石猴儿。回到家，用盐水腌起来，第二天或蒸或炸，一饱口福。在那个物质匮乏的年代，除了过年，那是我吃到的唯一的肉。

天黑以后，可以打着手电到树林里寻寻觅觅，但那时，石猴儿大都爬到树上去了。只要它们爬到了满意的地方，马上开始蜕变，背部开裂，越裂越大，直到成虫柔软的躯体脱壳而出。这时，石猴儿的肉质就变了，只可赏玩，不能食用。天亮后，蝉的躯体和翅膀渐渐变结实了，就飞到隐蔽的枝叶间去，雄蝉从此开始了不间断地鸣叫。午后，在屋后的枣树林里铺一张凉席，听着蝉鸣酣然入睡，梦境清幽而深远。

石猴儿蜕变后留下的壳叫做蝉蜕，是一味药材，具有解热镇静的作用。放学后，拿一根长长的竹杆，到树林里寻找蝉蜕，是我那时最爱做的事情，因为它不仅有趣，而且能挣到钱。将找到的蝉蜕卖给前街的药铺，可以换来作业本、铅笔和零食。秋风一吹，蝉声消了，而蝉蜕依然可以找到，在某个不经意的地方，让你的眼睛猛然一亮。遗憾的是，它太容易破碎，就像一个薄薄的梦，轻轻一碰就残缺不全。而蝉蜕一旦破碎，就卖不出好价钱了。

有一回，我到药铺卖蝉蜕，老中医望着那半篮完好的蝉蜕，兴致勃勃地和我闲聊起来。"你知道蝉在地下要呆多久吗？"我摇摇头。他便告诉我说，雄蝉和雌蝉交尾后就死了，剩下的雌蝉用它那尖尖的尾巴插到树皮里产卵。产完卵，也静静地死去。然后，卵孵化成小虫，落到地上，钻进土里，靠树根的养分活下来。一直在土里潜伏17年，等待17年。17年后，它们钻出地面，挣脱蝉蜕，开始了一夏的鸣叫。

老中医的话，我至今记忆犹新。为了尽情地歌唱一个夏季，蝉居然在黑暗、寂寞的地下默默地等待了17年。所谓一鸣惊人，这应该是最好的诠释了。

秋凉山芋香

在各种各样的农作物中，甘薯的名字是最多的。因为表皮有的发红，有的发白，肉质也有红、黄、白三种颜色，甘薯通称红薯或白薯。有的地方也把这种美味的地下块根叫做番薯或红苕。在我的老家鲁西南乡村，人们叫它山芋，而村里那些来自省城济南的插队知青，却叫它地瓜。现在，市面上还有一种个头较小、紫皮紫心的紫薯。与普通薯类相比，紫薯有一种高贵气象，所以它们经常在高档酒楼的餐桌上粉墨登场。有的饭店也出售紫薯包，小巧玲珑，里面的紫薯馅像月饼里的豆沙馅一样甜。

我对红皮黄心的寻常甘薯情有独钟，并且深深怀念那些将甘薯称作山芋的乡间岁月。在儿时的乡村，每到金秋时节，满街都是蒸、煮、烤山芋的香气，正如儿歌里唱的："秋风凉，山芋香，家家户户喜洋洋……"母亲做好了饭菜，趁灶膛里的柴火还红着的时候，将几块山芋扔进去，拢一拢柴灰，把山芋埋好。我放学回家后，她用铲子将那几块山芋取出来，放在地上。冒着青烟的山芋被烘煨得黢黑绵软，晾凉后拍掉柴灰，剥去表皮，金黄色的山芋肉便成了我的美食。如今，偶尔也买路边小贩的烤山芋，他们的烤制工具已由工厂淘汰的废旧铁桶更新为不锈钢烘烤炉，烘烤出的山芋满街飘香。但我吃过以后，愈发怀念老家灶膛里烘煨出的山芋，故乡的味道永远是最好的。

山芋是高产作物。深秋时节，生产队每收一块地山芋，地头就堆起一座小山，家家户户都能分到几百斤。窖藏一部分，剩下的用礤床儿擦成片，晒干。再磨成面，蒸窝头。那种黢黑发亮的窝头，吃起来筋道极了。放学回家，拿一个窝头，捏一撮盐放在窝儿里，再滴上几滴油，一路吃着，割草放羊去了。

刚加工出来的鲜山芋干湿度大，必须趁天气晴好尽快运到地里，均匀撒开。摞在一起的，还要一片一片揭开、摆好。如果天作美，三四天即可晒干，存入粮仓。但如果遇到阴雨天，麻烦就来了。雷声一响，雨点一落，去地里捡拾山芋干就成了十万火急的事情。白天还好，如果夜里下雨，不管多困多累，也得打着手电筒或提着马灯一片一片捡拾。假如连日阴雨，所有辛苦都会付诸东流，因为淋雨的山芋干一两天就会发霉，只能扔掉。在我的记忆里，秋收时节经常阴雨连绵，晾晒山芋干决不是一件容易的事。

那时的鲁西南乡村没有水田，村民的餐桌上见不着大米。白面倒是有，田地里每年都种小麦，但如果种什么吃什么，村民们很快就得去喝西北风。只有精打细算，才能把日子顺顺当当过下去。所以青黄不接时，村民们总是到集市上粜麦子，籴山芋或其他粗粮，这样可以使仓廪显得殷实。本来产量就高，再加上用细粮换，便一年到头离不开山芋。除了蒸山芋、煮山芋、烧山芋、烤山芋、山芋粥，还将山芋干煮熟吃。"山芋汤，山芋馍，离了山芋不能活。"乡亲们靠山芋度过了物质匮乏的年代，山芋成了故乡的符号。

如今物质丰富，吃山芋不再是为了果腹，更多的是考虑养生保健。人体是一架复杂的机器，营养缺乏不行，过剩也不行。每餐大米白面和每餐吃山芋一样，都会使营养失衡。一位精于养生的朋友告诉我："人到中年，应该吃些杂粮。"他说的杂粮，当然包括山芋。山芋不仅有一般杂粮的好处，还有医疗价值，据说，它在抗肿瘤、治便秘、调理肠胃方面，都有很好的作用。

地下块根大约都是好东西，人参是地下块根，那是稀世之宝；花生是地下块根，古人把它叫做人参果；胡萝卜是地下块根，有一种在人体内变成维生素 A 的有机化合物，被命名为胡萝卜素；山芋是地下块根，前面说过了，光名字就有七个，说明天南地北的人都倾心于它。地下块根是在泥土里长成的，所以它们从来不怕被埋没。

我之所以对山芋一往情深，因为它养育了我的童年和少年。另外，作为一种食物，山芋使我感到接地气。与汉堡、热狗相比，我更喜欢烤山芋。有一回，我在一个书摊旁边遇到一个卖烤山芋的小贩，烤炉上的山芋散发着诱人的香味，他就在那样的香气缭绕中旁若无人地读着武侠小说。于是我认定，这是一个幸福的人。

窗外的麻雀

  鸟类中，麻雀是最普通的一种，普通得几乎令人视而不见。因为人们的忽视，麻雀得到了大自在，上得庭树，下得窗台，但凡有人的地方，便有麻雀的影子。麻雀与人的不即不离，若即若离，使之成为处世高手，在同一片蓝天下，与强大的人类世世代代和谐共存。
  然而，有一场浩劫它们没能躲过。那场骇人听闻的灾难发生在1957年，一位牧羊老人向我讲述了当年的情景。那时，我在鲁西平原的一所乡村小学念书，没事儿就提一个鸟笼到处闲逛。鸟笼是用高粱秸秆编制的，里面只养麻雀。在那个贫寒的乡村，除了麻雀和燕子，几乎见不到其它鸟类，而燕子又春来秋去，不像麻雀那样与人长相厮守。从屋檐下的麻雀窝里掏出来时，小麻雀刚刚孵出，冲它一伸手指，它就伸长脖子、张着黄口、嫩声嫩气地叫着要吃的。于是，便到田地里捉了蚂蚱喂它，一直喂到羽翼丰满。
  牧羊老人见我对麻雀如此喜爱，长叹一声说，它们能熬过1957年，简直是奇迹。然后，一边抽着呛人的旱烟，一边神色凄然地慢慢诉说。

当时，人们除了用土枪、土炮、弹弓猎杀外，村庄、道路、田间地头，到处彩旗招展，锣鼓喧天，麻雀被驱赶着不停地飞，上天无路，入地无门，满世界找不到一个落脚点。一只又一只麻雀飞着飞着突然坠地而亡，有的因惊吓而死，有的活活累死，有的心脏爆裂而死。更令人发指的是，在校学生每个人都有交麻雀腿的任务，完成任务的可以得到一本印有北京风景插图的漂亮笔记本。对一个乡村穷孩子来说，那种笔记本是相当珍贵的。因为这种诱惑，孩子们千方百计猎杀麻雀。那阵势，简直是天罗地网。

我望着老人饱经风霜的脸，不解地问："为什么要将麻雀赶尽杀绝呢？"老人低沉着声音说，因为麻雀与人争吃粮食。然后，面露愠色，愤愤不平地说，麻雀是偶尔吃粮，但更多的是吃昆虫。如果没有麻雀，庄稼、树木早就被虫子毁掉了。"后来呢？"我急切地问。老人叹口气，欣慰地说，幸好经过专家论证，麻雀为益鸟，它们才得以存活下来。

如今有了动物保护法，人们再也不会肆意猎杀麻雀了。不论在乡村，还是在城市，麻雀与人和谐相处。其实，人与麻雀的这种和谐关系由来已久。《千家诗》里有一首宋人叶采的七言绝句：双双瓦雀行书案，点点杨花入砚池。闲坐小窗读周易，不知春去几多时。这首叫做《暮春即事》的七言小诗，读来令人恬淡、从容、心静如水。瓦上之雀闲行，其影动于书案之上；杨柳之花飘荡，其絮落于砚池之中。而读易之人，小窗闲坐，沉醉其中，不知春光流逝。忽见瓦雀徐行，杨花飘落，方知春色已去多时。多好的意境啊，在这样的境界中，人是会被净化的。

我的窗外也有麻雀翩飞、徐行，在炎凉冷暖的岁月里，昭示着一种平实、朴素、淡泊的人生。

北京十点，阳光灿烂

　　小时候，我的家在鲁西平原一个贫寒的乡村。除了割草、放羊、游戏，我对外面的世界几乎一无所知。上学后，才知道很远的地方有一座北京城，北京城里有一座天安门，天安门上有一轮红太阳，那是领袖毛泽东。

　　乡村的日子安闲而散淡，田地里收了工，我们一家人围着一台红灯牌收音机听样板戏，是那时最大的快乐。听得多了，能够整场整场地背诵台词，有板有眼地演唱大部分唱段。《穷人的孩子早当家》《天下事难不倒共产党员》是我最喜欢的段子，那精美的唱词给了我最初的文学熏陶。现在想，那该是我最初的语文课了。

　　因为我家的钟表走走停停，收音机的另一个重要作用就是矫正时间。每到报时的时候，我便全神贯注地听那嘀嘀声，直到最后一声脆响，报出时间。在我童年的记忆里，那有节奏的声响便是美妙的音乐了。但那时还不懂得"北京时间"是怎么回事，每当听到"刚才最后一响，是北京十点（时间）×点整"，心里便纳闷：为什么北京总是十点？难道北京没有夜晚吗？起初，以为是报时的广播员弄错了，但天长日久，那个声音依然如故，便愈发觉得蹊跷。

便去问老师。当我走进老师办公室的时候，她桌上的收音机恰好报时："刚才最后一响，是北京时间十点整。"我问："北京为什么总是十点？"老师先是一愣，继而大笑，然后认真地说："因为北京永远阳光灿烂。"

十点，是一天中最美好的时刻。北京永远处在这一时刻，永远阳光灿烂，那一定是一个美丽而神奇的地方，因为那里有天安门，有毛主席。于是，一个愿望诞生了，我希望有一天，走到北京的阳光里去。

17岁那年，我来到了北京，看到了天安门。那天，天空格外晴朗，广场上空偶尔有几只鸽子飞过，鸽哨清晰可闻。望着迎风飘扬的五星红旗，我有一种梦幻般的感觉。正当我站在天安门前暗自出神的时候，远处传来《北京颂歌》那优美激昂的旋律——灿烂的朝霞/升起在金色的北京/庄严的乐曲/报道着祖国的黎明/北京啊北京/祖国的心脏/团结的象征/人民的骄傲/胜利的保证/各族人民把你称颂/你是我们心中一颗明亮的星。

因为有了这颗星，我对当年老师那句美丽的谎言有了更深刻的理解。因为有了这颗星，我的心中一片光明，即使走到天涯海角，也不会忘记回家的路。

如今，走过了60年光辉历程的人民共和国更加欣欣向荣，蒸蒸日上。北京啊北京/我们的红心和你一起跳动/我们的热血和你一起沸腾/你迈开巨人的步伐/带领我们奔向美好的前程。在鲜艳的五星红旗下，在北京灿烂的阳光里，在天安门前，我怀着豪迈的心情放眼远望，望见了一个古老民族的伟大复兴。

怀旧

独处的时候,我的心里总是充满了对往事的怀念。

想很远很远的童年,童年的老屋,童年的柳笛,童年甜甜的麦草和麦草堆起的那一份殷实。很想在青纱帐茂密的时候回一趟老家,到瓜田里随意摘几个瓜,到清澈的运河里游一回泳,在绿荫下伴着蝉鸣做一个清幽的梦,醒时用麻叶打一兜儿清凉的井水,边喝边看燕子在井台边低徊,心里便会有许多感慨——年年岁岁燕相似,岁岁年年人不同。

当城市里有了稀疏的蝉声,摘榆钱儿的时节就过了,槐花也已落尽。此时,老家的野菜长高了,麦苗也长高了,正如京剧《龙江颂》里生产队长唱的那样:堤内的好庄稼茁壮茂盛,麦浪起伏……

雷雨季节一到,村南的水坑便涨满了水,那是孩子们的乐园。我曾多次梦见过那片水,梦见自己悠悠地在水上仰游,对着又高又蓝的天空哼着心爱的歌谣。童年的歌谣虽然简单,曲调里却满含希望。被满心的希望和向往鼓舞着,那时我是一个勤奋的孩子。我在看青的窝棚里读很厚的书——《苦菜花》《迎春花》《烈火金刚》《红军不怕远征难》……有的书已经残缺不全，但我依然爱不释手。我割的青草晒在窝棚周围，散发着好闻的清香，那是羊们冬季的口粮。我用土坷垃垒窑烧山芋，一边捡柴一边烧火，山芋还没烧熟，脸已经花了。那时的天空晴朗而高远，那时的日子有童话相伴，那时的快乐纯粹而简单。

还有青春，那个已经远去的梦，雨季一过，便在身后成了一面鲜艳的旗帜。渐渐学会了独处，独处时不再感到孤独。一面洁白的墙壁，可以读出许多美丽的故事。花瓣雨在窗外静静地飘落，往事在记忆深处泛着细密的涟漪。人在红尘，而心常在万丈红尘之外；岁月很冷的时候，心里却洋溢着无边的暖意。歌曰：幸福不是毛毛雨，不会自己从天上掉下来。那么，它在哪里呢？只要随遇而安，一切尽在不言中。

童年和青春是人生的花朵，带上岁月的花篮，一生好梦相随。

母亲的心愿

小时候，我一直想有一件长过膝盖的大衣，因为伯父就有一件，穿起来很威风的样子。伯父管他那件大衣叫大氅，那是他在省城教书时置办的。后来不教书了，下放到乡下劳动改造，那件大氅一直跟随着他。尽管打了多处补丁，已经很破旧了，但在乡下人眼里，那依然是一件稀罕衣裳。在我儿时的记忆里，伯父是我见过的唯一一个穿大氅的人，便感觉他很了不起。小学三年级时，老师让写一篇作文，题目是《我的理想》。我这样写到：我的理想是像伯父那样，有一件属于自己的大氅。母亲知道我的心思后，眉开眼笑地说，快点长吧，长大后也给你买一件。我知道，让自己的儿子体面地生活，一直是母亲最大的心愿。

移居京城不久，母亲兑现了她的诺言。那时，她在一家呢服厂工作，在她们制作的一批人字呢大衣中，她选购了两件，弟弟一件，我一件。那两件人字呢大衣，差不多花掉了她半年的工资。母亲是坐公交车将大衣带回家的，进门后，她把大衣往床上一搁，兴奋得满脸通红。然后，她开始夸说那批料子的好，那批大衣做工的精细。然后，让我和弟弟试穿，左瞧瞧，右看看，仿佛面对了两个天外来客。然后，就把大衣放在了衣柜的最底层，说，你们还小，还在上学，将来参加工作了再穿吧。

我到银行工作后，母亲拿出了人字呢大衣，但那年冬天出奇地冷。人字呢大衣虽然好看，气派，但又沉又硬，不合身，也不暖和。母亲坚持让我穿丝棉棉袄，说，大衣给你留着，等你结婚时再穿。其实，即使那年冬天不那么冷，我也不会穿着人字呢大衣去上班，因为二十世纪八十年代初的银行职工，衣着都是相当朴素的，那样会很扎眼，而我已经不像小时候那样爱出风头了。母亲说得对，结婚时穿，在那种喜庆的日子里，穿多华贵的衣服也不过分。

可我结婚时，刚好是夏天，人字呢大衣根本派不上用场，我甚至没想起来衣柜底层还有一件曾经使我梦寐以求的大衣。与亲朋好友匆匆忙忙吃了一顿饭，我就带着新婚妻子到南方旅游去了。两年后，我从单位分到一间平房，自立门户了，母亲将那件人字呢大衣移交给了妻子，妻子照例将它放在了衣柜的最底层。有一年冬天，我在翻看老照片时，无意间想到了那件大衣，便让妻子找了出来。我穿着它来来回回在屋里走了几圈儿，妻子又皱眉头又摆手，连声说，快脱下，这种款式不适合你。

后来，我把崭新的人字呢大衣捐给了青海玉树地震灾区，也许这是它最好的去处了。母亲生前与人为善，广结善缘，以博大的爱心帮助过无数需要帮助的人，而以那件人字呢大衣表达一份对灾区人民的关爱，我想，这一定也是母亲的心愿。

家在哪里

真正的家

　　在小城一处简陋的工棚里，住着一对从乡下来的小夫妻。男人叫大壮，健壮结实；女人叫巧玲，小鸟依人。大壮和巧玲的脸上还带着稚气，眼睛清澈得可以照见对方的心灵。他们青梅竹马，两小无猜，长大后心心相印，海誓山盟。但巧玲的父亲坚决反对他们的婚事，因为大壮家徒四壁，还因伤害罪坐过牢。父亲让她嫁给当地的一个大户人家，那样不仅她衣食无忧，还可以光耀门庭。巧玲为了捍卫自己的爱情，瞒着父亲，偷偷和大壮到镇上办理了结婚手续。父亲知道后，盛怒之下，将巧玲逐出家门。

　　当记者找到他们时，大壮正在给巧玲过生日，一个不大的蛋糕上插着几根红色的小蜡烛。大壮告诉记者，虽然他们一无所有，但朝夕相守，相依为命，他感到很幸福。他有的是力气，可以再打一份工，经济条件会慢慢好起来。到那时，他要让妻子去学计算机，将来找一份体面的工作。

记者望着他们栖身的工棚，语气悲怆地对巧玲说："你不想有一个真正的家吗？"巧玲不以为然地朗声回答："我们已经有了一个真正的家，只是缺少一栋房子把家搬进去。"

这是我辗转听来的一个故事，它使我的内心感到一种强烈的震撼。

潘美辰唱："我想有个家，一个不需要多大的地方……"她首先想到的是一个地方，而不是一个人。但巧玲的话让我明白了，有了一个地方只是拥有了一个栖身之处，而有了一个相依为命的人，才会真正拥有一份家的感觉。很多时候，家并不意味着一栋房子，而是意味着一个人，这个人走到哪里，家就在哪里。

在北京的三环以内拥有一套200平方米的房子，应该是一件很体面的事了，但我的一位朋友告诉我，他住在里面，心是空的。他几乎每晚在外面喝得烂醉，回到那套装修豪华的大房子里，倒头便睡。那么昂贵的房子，对他来说实在是一种浪费。因为没有一个相依为命的人温暖他的心灵，他住在自己的房子里和住在宾馆里差不多，都没有家的感觉。这样看来，那对小夫妻是幸福的，他们没有象样的房子，但他们有一个真正的家。

"茅屋莫嫌低小，野花也觉清香。"用来吃饭的碗，一只足矣；用来睡觉的床，一张足矣；用来栖身的房，一间足矣。其余的，可以用来炫耀和铺张，但与家没有什么关系。与家关系紧密的，是那个能够用一生一世与你默默守候的人。找到他，牵着他的手，在炎凉冷暖的岁月里，与他一起慢慢变老，便是美丽人生。

鸽子与小米

一个家境和相貌都不出众的青年，爱上了邻居的独生女儿，而那个姑娘是小区首屈一指的美人。青年很痛苦，他不知道怎样才能挫败众多情敌，赢得姑娘的芳心。有时夜里从梦中惊醒，喃喃地叫着姑娘的名字，手脚冰凉——他梦见心爱的姑娘成了别人的新娘。

父亲看出了青年的心思，温和地笑笑，把他带到院子里。整洁的庭院中，几只鸽子正在阳光下觅食。青年和他的父亲坐在古槐树下，轻声细语地谈着天。这时，一只鸽子飞过来，落在父亲的胳膊上。父亲不动声色，依旧娓娓地说着话。起初，鸽子惊魂不定地东张西望，不一会儿，就安静下来。父亲漫不经心地伸出另一只手，轻而易举地将鸽子捉在了手里。他意味深长地看了青年一眼，将鸽子放飞。

过了一会儿，又有一只鸽子落在父亲粗壮的胳膊上。这回刚刚落下，他就迫不及待地伸手去捉。结果，受到惊吓的鸽子一下子飞走了。父亲说："只有耐心能够帮助你成功，你懂这个道理了吗？"青年点了点头。

从此，青年不再愁眉苦脸，他把心思全都用在读书和写作上，文章一篇接一篇地发表，渐渐地，他成了远近闻名的人物。对邻家心爱的姑娘，他不刻意去献殷勤，只是在她空闲的时候，把自己读到的和想出来的故事讲给她听。日子一久，姑娘对那些虚伪的求爱表演厌倦了，却对青年的好学和才华格外倾心起来，她发觉自己已经离不开他和他的故事了。

娶到了心爱的姑娘，青年仍然心存忧虑——我能把握得住她吗？她是那样的美丽可人，谁见了都会动心的。

父亲知道了青年的想法，仍是温和地笑着，弯腰从米缸里捧起一捧小米，说："你看，多么圆圆满满的一捧米。假如我要握紧它，会是什么样呢？"说完，父亲用力握紧双手，小米立刻从他的指缝间流泻下来。

再张开手时,圆圆满满的一捧小米已所剩无几。父亲说:"爱情是不能刻意把握的,握得越紧,越容易失去。能够使爱情圆满的,只有宽容。"

青年望着父亲手中金黄色的小米,领悟地点点头。他想起泰戈尔说过的一句话:"我的爱像阳光一样包围着你,又给你光辉灿烂的自由。"爱情是需要自由的,正如生命需要新鲜的空气。青年用捧一捧小米的情怀对待爱情,他的爱情幸福美满。

这是一个真实的故事,那个青年是我的儿时伙伴,他的父亲是一个普通中学教师。

家在哪里

很多年前,我住在单位的家属宿舍。那是一座由三排平房组成的院子,每排七八间,每间房里住着一户人家,大都是年轻夫妇带一个孩子。我家隔壁的男主人是个音乐爱好者,常常自己写了曲子,让我填词。

那时,我们已为人父,我的女儿五岁,他的女儿六岁。但他一点没有一家之主的样子,整日喝酒、弹琴,像个老顽童似地与她女儿做各种搞笑的游戏。一到周末,他就喜眉笑眼地问我:"回家吗?"如果见我还在忙活,便一脸疑惑地说:"不回家啦?"

有老婆、孩子的地方,难道不是家吗?可他从来没把那间平房当作家,对他来说,那只是一间宿舍或者一间客栈,只有回到父母身边才算回家。父母的那个家,叫"老家儿",那里有自己熟悉的一切,有自己生命的轨迹。

后来,我住在西五环东面的公寓楼里,经常有一位朋友找我喝酒,问他在哪儿呢,回答说在古城呢。古城地面大了,到底在哪儿呢?他说:"在家呀。"他自己的三口之家,总是用"古城"两个字代替。如果他张口就说"在家呢",那一定是在十万平,那是他父母的家。孩子都上初中了，家的概念还停留在婚前状态。

　　成家、立业，父母以为帮儿女完成了这两件事，儿女们就会宏图大展，远走高飞。其实，住在别处的儿女们，不一定能找到自立门户的感觉，在他们的心目中，真正的家依然是"老家儿"。

水趣

　　我最喜欢的健身运动是游泳，但游的姿势不规范，速度也不够快，因为我是在老家的水坑里自学的。小时候，我们那个村子南面有一个建房挖土形成的大坑，一到雨季就蓄满了水。不上学的时候，伙伴儿们就到水坑去玩水，打扑腾，扎猛子，踩水，仰游。想怎么游就怎么游，游成什么样就是什么样，没有教练指导，所有的姿势都是自己玩出来的。

　　一位原先经常游泳的朋友，现在不游了，问她为什么，回答说："我不会转身。"因为不会转身就放弃游泳，我觉得不可思议。其实，她游得比我好，但她不和我比，而和游泳运动员比。那种优美的转身动作的确赏心悦目，但如果不参加花样表演和竞技比赛，不会那种转身又何妨？我游泳的目的是强身健体，所以姿势如何无所谓，只要能达到锻炼效果就行。

　　游 2000 米，然后洗个热水澡，从游泳馆走出来，感觉世界格外干净。有一点疲劳，但这疲劳让人安详，所有的杂念都消失了，心变得柔软，不想跟任何人过不去，恩恩怨怨忽然间淡了。于是醒悟，游泳不仅锻炼身体，还净化灵魂。身体是灵魂的房子，房子洁净，灵魂也跟着清爽。

17岁从山东老家来北京后，我曾经许多年没有游泳，因为我喜欢老家的水坑，而北京找不到那样的地方。去八一湖游过，但那里水草多，人也多，湖水又脏又浅。后来去海军游泳馆，但泳池的氯气让我受不了（奇怪的是，我现在居然闻不到那种气味了）。于是，越发怀念老家的水坑，我的童年和少年都泡在那里。一到涨水季节，姥姥就看管着不让出门。偷偷去游水了，回来要接受检查。伸出胳膊，姥姥在上面轻轻一挠，如果出现一道白印，就少不了一顿数落。

游泳是多么快乐的一件事啊，可总是有人不理解。小时候是姥姥不理解，后来是我的女儿不理解。有一回，我和媳妇儿带女儿去一个叫五十五公里的地方游览，船划到两山之间时，我被那碧波荡漾的河水吸引住了。据说，那是永定河最深的地方，约有几十米。我换好游泳裤，准备跳下去畅游一番。起初，女儿以为我开玩笑，当她知道我真的要跳下船时，急得"哇哇"直叫，脸色煞白，使劲抱住我的腿不放。那情形，仿佛我不是去游泳，而是去自杀。她当时只有六岁，小胳膊却出奇地有力。媳妇儿就不如此激烈地反对，也许她看我在八一湖游过，知道我的水性。野餐后，我终于下了水，一口气游了近两个小时。上岸的时候，女儿将一把野花递到我的手上，仿佛在迎接一个凯旋归来的大英雄。

大英雄的真正壮举不是在五十五公里，而是在秦皇岛。那年夏天，我在秦皇岛参加一个文学笔会，每天下午和一位写小说的朋友去游泳，一次比一次游得远，有一回甚至游到了防鲨网。海水浮力大，又有浪涌着，游起来非常舒服。但游到防鲨网的那一回，我感到了一种强烈的恐惧。放眼望去，海天相接，连一条船也看不见了，我觉得自己是那么弱小。恍惚间，《老人与海》的情节浮现出来，那条汪洋中的破船，那副白森森的鱼骨。我忽然明白了，自己不是一条真正的硬汉。

枣树下的谎言

祖先的影子

偶尔读到一组漫画，讲的是一个养猴人用鲜活的猴脑招待宾客的故事。

每当养猴人带着客人走到猴群面前，比手划脚，指指点点时，猴儿们就知道，又有一个同类要丧命了。于是，纷纷向后躲藏，惟恐灾难降临到自己头上。令人震惊的是，一旦客人选中了一只猴子，其它猴子立马把它往外推，试图用它的牺牲，换取自己的苟安。结果，那只倒霉的猴子被揭开了天灵盖。

看着看着，心满满地被一种什么东西堵住了。恍惚间，想起许多年前的一件事。

那时，我在外省的一所寄宿中学读书，因为爱好文学，几乎读遍了学校图书馆的古今小说。一天晚上，宿舍熄灯后，临铺的同学让我讲一个段子。我没言语。学校规定,宿舍熄灯后不准再说话,违者要受纪律处分。那些日子,查得正严。

见我不答应,临铺愈加好言相求。接着,全宿舍的人都跟着央求。我若再固执,显然是不识抬举了。便讲起了刚刚读过的吕氏春秋。

正讲到兴头儿上,忽然有人用手电照我的眼睛。我以为是同学开玩笑,便伸手去夺手电筒。不料,手电筒被攥得牢牢的,依然居高临下地照我的眼睛。我感到事情不妙。果然,主管纪律的王校长说话了:"你嚷嚷什么呢,不知道大家都睡觉了?"我分辩说:"是大家让我讲的。""谁?是谁让你讲的?"这时,宿舍里鸦雀无声,甚至有人发出了轻微的鼾声。

"自作多情!"王校长甩下冷冰冰的四个字,转身走了。

王校长一走,大家马上"醒"了,你一言我一语地百般安慰,临铺还郑重其事地追查刚才打鼾的人。但我的脑海里一片空白,当时的感觉,或许正像那只倒霉的猴子——天灵盖被揭开了。

猴儿是人的祖先。人进化到今天,依然没有走出祖先的影子。

枣树下的谎言

很多年前,我在一所乡村小学念书。有一天,老师带领全班十个学生为生产队收枣。他拿一根竹杆,爬到树上又晃又打,我们则在树下一个个往筐里捡拾。那脆甜的红枣,对每一个孩子都是不小的诱惑,而且,只要你有胆量吃,树上的老师是不会发现的。整个上午,十个学生中有九个都是一边捡拾一边往嘴里送,包括两个女生。只有一个叫石头的孩子,以顽强的毅力抗拒着诱惑,始终没有吃一个枣。

收工时,老师望着吐了一地的枣核,生气地逐个盘问。我们九个学生全都战战兢兢地承认偷吃了枣,只有石头骄傲地扬着小脸,自豪地回答:"一个没吃。"

也许他以为他会得到老师的表扬,从而使小小的虚荣心得到满足。不料,老师的脸上露出诡谲的笑意,像看天外来客一样望着石头,从牙缝里挤出两个字:"没吃?"

石头开始发慌,但依然诚实地回答:"真的没吃。"

老师更加生气了:"撒谎!吃了就大胆承认,你这是什么态度!"

因为委屈,石头的眼泪扑簌簌落下来,但仍坚持说:"没吃。"

老师愤怒地一挥手,让他站到一边,然后开始对这次劳动课做总结,大谈诚实与虚伪。所有偷吃了红枣的同学,不仅没有被批评,反而成了诚实的样板,而石头却因为态度不老实,成了一个虚伪的孩子。

我曾经为石头打抱不平,但现在,我理解了那位老师,理解了那个小小的冤案,因为一个十岁孩子的自制力,的确令人难以置信。如果那天石头违心地承认偷吃了枣,也许情况不会那样糟糕。有时候,谎言是自我保护的一种手段,就像烈日下的防晒霜和遮阳伞。而在错误的时间,错误的场合,不折不扣的诚实往往使人陷入尴尬的境地。

当脚下的路泥泞不堪时,我们不妨垫上一些干土,脚踩在干土上,就像我们的人生踩在谎言上,只是为了路好走,并不改变什么。那些灵魂深处的东西,也改变不了。

习惯与新生

许多年前读张贤亮的小说《习惯死亡》,怎么也搞不懂习惯和死亡之间的关系。现在懂了,习惯实际上是离死亡最近的一条路。

有个农夫养了一群鸡,每次喂食的时候,他都把栅栏门敲得嘭嘭响。于是,鸡们得出了一个结论,栅栏门一响,口福就来。一日,友人来访。农夫为款待朋友,准备杀一只鸡。他提着刀走进鸡场,照例把栅栏门敲得嘭嘭响。一只身强力壮的公鸡挤到前面，抢先把脑袋伸出鸡笼。它已经习惯了那种敲门声，坚信主人是来喂食的。但这回它错了，农夫手起刀落，它那颗可怜的小脑袋还没反应过来怎么回事，就流着鲜血滚落到了尘土里。

假如听到敲门声以后，它稍微冷静一点，等一等，看一看，也许就不会送命。但它太习惯那种声音了，不可能冷静。所以，这只可怜的公鸡只有死路一条。

当然，方式不一定如此悲壮，也可以静静地、舒缓地、不知不觉地死去。有一只青蛙被放进一口盛满清水的铁锅里，然后，铁锅被慢慢加热。青蛙在一锅清水里舒适地游泳，丝毫没有感觉到水温的变化，或者换句话说，对那种不明显的变化，它很快就习惯了。当它感觉到情况不妙，试图跳出去时，已经为时太晚，因为它已经没有足够的力气了。

试想，如果一开始就把青蛙放进热水里，它会怎么样呢？它会一下子跳出去，因为它的弹跳力很好，完全可以跳出那口铁锅。表面上看，杀死青蛙的是热水，但实际上，是习惯。习惯往往在不引人注目的地方做着惊天动地的事情，也许它看上去很温柔，但温柔下面藏着刀。

在印度和泰国，到处可以看到一种奇怪的现象：一根小小的柱子和一截细细的链子，居然拴住一头重达千斤的大象。为什么会这样呢？因为驯象人在大象很小的时候就用一条铁链将它拴在柱子上，无论怎么挣扎都无法挣脱。渐渐地，小象习惯了不挣扎，直到长成大象，可以轻而易举地挣脱铁链时，也不挣扎。如果说小象是被铁链拴住的，那么拴住大象的则是习惯。当挣脱一条链子需要的不是力气，而是其他什么的时候，难度加大了。

但不管怎样，从某种习惯中走出来，就象金蝉脱壳，是获取新生的一种方式。

秋天的心情

　　仓颉造字，把秋天的心情结构成"愁"，不仅匠心独运，而且意味深长。季节到了秋天，一如人生到了中年，喧嚣狂躁少了，却在一场凉似一场的秋雨中，平添了几分悲天悯人的情愫。不再"为赋新词强说愁"，但忧思却在心里落地生根，因为在这个渐渐安静下来的季节里，思想正一步步朝人生的深处走。

　　我对秋天最清晰的记忆，是小时候鲁西乡村那片水塘的变化。整个夏天，水塘里的水都是混浊的，可一立秋，立刻变得清澈见底。所以，每年立秋那天，水塘边都聚集着许多人。人们从水的变化中，感受着秋的韵致。老家的水塘，是我夏天游水的地方，在那里，我度过了一个个难挨的溽暑。直到秋凉后，才离开水塘去念书。秋风安静着世界，也安静着我的心绪。

　　北京的夏秋之交没有这么分明，立秋以后，还有一段闷热的日子。接下来才是冷雨绵绵，树叶在凄清的雨中渐次飘零，蝉声消了，野草枯了，大地变得一片寂寥。在我的印象中，这个过程非常短暂，常常是赏秋的计划还没来得及实施，甚至还没顾得上去看一眼香山的红叶，眼前就已是一派冬天的景象了。北京的四季中，夏天酷热，冬天酷寒，春天又多风沙，只有秋天清凉宜人，但真正天淡云闲、秋高气爽的日子又转瞬即逝。

因为上班，只能周末出行。若周末是个阴雨天或杂事缠身，就只好等下一个。等来等去，已是秋风萧瑟，"山山黄叶飞"了。"长恨此身非我有，何时忘却营营？"日复一日，年复一年地忙碌于虚名浮利的求取，却在不知不觉中忽略了对心灵的关照，迷失了自己的真性情，这是不是有点舍本逐末？也许现代西方人"少做一点，少挣一点，少花一点，简单一点，快乐一点"的生活观念离人性更近。也许我应该在云淡风清的秋日，放下所有的想法，什么都不做了，只安详地去守望一山秋叶，让阵阵清凉的秋风把心思简化成一句宋词——钟鼎山林都是梦，人间宠辱休惊。

那年，我一个人住在异乡的一家小客栈里，夜不能寐。李白床前的月光从窗口照进来，在一片清冷而柔和的亮色里，我想着故乡，也想着许多别的事情。窗外的树叶有节奏地响动着，我走到院子里，发觉天已经亮了。忽然想起刘禹锡的《秋风引》："何处秋风至，萧萧送雁群。朝来入庭树，孤客最先闻。"心里就有一种"断肠人在天涯"的感觉。其实，人生何尝不是一次天涯孤旅呢？人有两个家，一个在天上，那是永恒，一个在世上，它只是驿站。任何人都只能陪你走一段，而生命的过程要靠你自己去完成。"生是短暂的旅程，死是另一种出发。"另一种出发，就是要回永远的家了。

对于人生，达观或许是最好的一种态度。庙堂之高怎样？江湖之远又怎样？欲说还休，欲说还休，却道天凉好个秋。

仁山智水

　　与文朋诗友去天泰山采风，回来想了一路，这四个字便在脑际突兀而出。

　　天泰山并没有特别的秀色，有的只是一种慈悲的韵致，置身其中，你的心境会因安详而辽远。山上的慈善寺，氤氲着宽厚仁和的氛围，古刹、圣泉、摩崖石刻，以及各种各样的民间传说，都仿佛于冥冥中昭示着一个亘古不变的法则——仁者永恒。

　　京西古香道上的慈善寺，释道合一。坐北朝南的主体院落分东西两院，西院为佛教殿堂，东院为道教殿堂。两教相互融合，和平共处，各自放弃了一些清规戒律，转而追求心灵的超脱与精神自由。更为有趣的是，这里的大小殿堂、各种神像，都是按照香客的意愿设置的。求子的，找娘娘；求财的，找财神；求雨的，找龙王……不论哪路神仙，只要能保佑百姓幸福安康，他们都一一请来。所以，从乾隆年间起，慈善寺便香客如云。它不仅是善男信女们朝拜的圣地，还是举办各种民间活动的重要场所。每年农历三月，慈善寺庙会热闹非凡，吸引着远近十里八乡的人们。顺民心，应民意，这是佛家之仁、道家之仁啊。

有一则顺治出家的故事，在慈善寺一带流传甚广。相传，清世祖顺治皇帝因宠妃病逝而肝肠寸断，万念俱灰。一日，他微服出宫，走到天泰山下，见一寺群山环抱，古木参天，甚合心意。遂落发为僧，潜心修行，"口中常吃清和饭，身上常穿百衲衣。每日清闲自家知，红尘中事远相离。"终于大彻大悟，修成正果，留下了"百年世事三更梦，万里江山一局棋"的诗句。圆寂后，遗体异香四溢，弟子尊其为佛，供奉于慈善寺藏经楼。作为一国之君，身边美女如云，但他要的不是女人，而是爱情。为爱情，他舍弃了荣华富贵，一统江山，这是皇家之仁啊。

山门前及寺后山坡的巨石上，分布着六处笔力遒劲的摩崖石刻，分别是"勤俭为宝""真吃苦""耕读""淡泊""灵境"和24行、209字、刻石面积约10平方米的《谦卦》全文。这些正气凛然的阴文楷书，均出自爱国将领冯玉祥之手，表明了将军自强不息和鄙视功名利禄的高尚气节。史料记载，冯将军曾三上天泰山，留下了许多脍炙人口的佳话。他自己生活俭朴，与副官、伙夫、和尚共吃一锅饭，待客也是杂面汤加窝头，另有几样炒萝卜干、炒白菜之类的素菜，却将节省下来的粮食分发给附近的贫苦农民。克勤峪的老人们，至今还津津乐道于冯将军的每人一斗米、一碗羊肉熬白菜和三个馒头。律己严，待人宽，心存博爱，这是将军之仁啊。

慈善寺滴水观音殿内有一泉，水出石罅，清洌甘美，而且不论怎样汲取，总是保持一定深度。一位在大学教书的朋友酷爱啤酒，上讲台不带教材，只拿个大号玻璃杯，满满一杯茶色液体，说是茶水，其实是燕京扎啤。边讲边喝，边喝边讲，学生们便纳闷——哲学老师怎么总是醉话连篇？那天喝了慈善寺的泉水，他说，此泉泡茶，啤酒可以不喝了。泉名"净水瓶"，净化灵魂，启迪心智，这是智慧之泉啊。

上得慈善寺，做个慈善人。慈悲为怀，可成大智慧。

饮酒与喝粥

我在一家酒楼前等人，恰逢一酒友从那里经过。他由老婆陪着，无精打采的，正在找喝粥的地方。于是我知道，他刚醉过，酒徒只有在这个时候才会这么老实。当然，这种老实是短暂的，过不了几天，口中寡淡了，又想酒肉。

"口中有酒醉如泥，心中有酒醉如仙。"我一直想让自己"醉如仙"，可是做不到，只要心中一有酒，口中就有。酒饮微醉，花观半开，这是一种理想状态。有一半清醒留着，进退都有余地，但觥筹交错间，这个"度"很难把握，不知不觉就高了。然后，在酒精的作用下放浪形骸，做种种过后后悔的事。越是性格压抑的人，此时越是放荡不羁，那豪气与胆量，与平日判若两人。酒是发泄的媒介，而醉界恰如泄洪区，汪洋着各种极端情绪。

所谓醉就是乙醇中毒，扁鹊给人做手术用酒当麻醉剂，华佗的麻沸散也必须用酒冲服，先让你进入醉界，然后才好下手。据说，人的血液中乙醇浓度达到0.05%—0.1%时，乙醇被吸收，在体内被酶氧化为乙醛，而乙醛的麻醉性使人产生朦胧感和幻觉。这时候，许多根本不可能的事情变得可能。如果血液中的乙醇浓度达到 0.3%，人的豪言壮语就变得含混不清，走路步履蹒跚，东倒西歪，许多事都力不从心了。我一直想发明一种测量血液中乙醇含量的袖珍仪器，它就像体温计一样随时提示你醉酒的程度。假如你只想在幻觉里满足一些愿望，不打算采取什么实际行动，就把乙醇含量控制在 0.1% 以内；假如你准备采取行动，而且志在必得，就把乙醇含量控制在 0.1%—0.3% 之间，太低起不到壮行的作用，太高了手脚不听使唤，容易误事，在这个区间内比较合适。遗憾的是，这种能给广大酒友带来方便的袖珍仪器到现在也没有问世，大家仍是要摸着石头过河，弄不好就酩酊大醉。

　　醉时有酒精闹着，并不觉得特别难受，但第二天的罪过就大了。烧心，头痛，皮肤干燥，面色憔悴，迷迷糊糊，心浮气躁，什么都不想干，干什么都没心思，睁着眼犯困，闭上眼又睡不着。这时候，只想喝粥、吃咸菜，天一黑就安安静静睡觉。"李白斗酒诗百篇，长安市上酒家眠。"但我喝高后，睡眠是断断续续的，不深，也不实。第二天滴酒不沾，晚餐只有粥和咸菜，才能安稳而香甜地睡一宿好觉。就想，对李白这样的"酒中仙"来说，酒也许是好东西，但对我来说，它绝对是浊物。饮酒使人浊，而喝粥使人清。远离灯红酒绿的繁华场，植松竹梅兰为友，邀清风明月为伴，布衣粗食，日耕夜读，心境是安详而悠远的。

　　郑渊洁在《奔腾验钞机》中说，有所得是低级快乐，无所求是高级快乐。我想，饮酒应该算是低级快乐，而喝粥的快乐是高级的。但人在万丈红尘中，俗欲难断，尽管明白喝酒的种种害处，但仍浮躁着赶奔一个个酒局。醉后以粥清静身心，寂寞苦闷了又借酒浇愁，我和我的酒友们就这样摇摆于饮酒与喝粥之间。

夏夜大排档

北京的夏夜，最惬意的去处是大排档。几个朋友，几样小菜，啤酒一扎一扎地喝，段子一个一个地讲，直到店家打烊。一位在大企业供职的朋友，如今已官至总裁，日理万机，却仍不忘大排档故交，一有空闲就来凑趣儿，笑说，三天不听朋友们侃山，智慧就枯竭了。

总裁朋友是来喝酒的，也是来"充电"的，因为酒里有文化。如果说可口可乐是美国文化的载体，葡萄酒是法国文化的象征，二锅头代表着北京的地域文化，那么，扎啤则营造了大排档的文化氛围。喝到夜风清凉的时候，想起弘一大师"一瓢浊酒尽余欢，今宵别梦寒"的句子，那是大排档应有的调子，有些伤感，但毕竟凉快透了，可以安稳地入梦。

当然也醉。《红楼梦》里有个史湘云，她在第六十二回与黛玉比才斗诗猜谜语，先赢后输，被罚酒，在大排档喝高了。"果见湘云卧于山石僻处一个石磴子上，业经香梦沉酣。四面芍药花飞了一身，满头脸衣襟上皆是红香散乱。手中的扇子在地下，也半被落花埋了，一群蜜蜂蝴蝶闹嚷嚷地围着。又用鲛帕包了一包芍药花瓣枕着。"醉卧花荫，还有彩蝶、蜜蜂、蜻蜓围着她上下翻飞，何等浪漫。可如今，我们只能从古典诗词里寻觅那种久远的浪漫情怀了。翻开中国古诗词，一股酒香扑鼻而来。陶渊明留下的140多篇诗文中，有50多篇写到酒；杜甫有300多篇诗文写到醉酒；李白更是酒中仙，以至"太白遗风"的酒幌至今还在大江南北飘扬。

经常聚饮的朋友中，士清是很有些仙风道骨的，一醉就醉到古诗词里去，出口成章。他自己陶醉，大家也跟着陶醉，慢慢竟不知道醉的是酒，还是诗词了。醒时，已是"杨柳岸，晓风残月"。

老刀不会诗词，却满脑袋奇闻，他用奇闻诠释人生。那天，一位在机关做事的朋友眉飞色舞地大谈仕途经济，膨胀得几乎找不着北，后来才知道，他刚刚提了职。老刀不声不响地坐在旁边，听着，喝着酒，直到"仕途经济"无话可说了，他才慢条斯理地开口——刚才打了个盹儿，梦见自己在一座森林边修鞋。有一天，来了一只老虎，它的脚掌上扎了一根刺，求我帮它拔出来。刺拔掉后，老虎送了我一些猎物。过了一会儿，国王打猎路过这里，他的王冠被树枝挂坏了，求我修理。修好后，国王让侍卫送了我两瓶好酒。他们一走，我就开始吃老虎的猎物，喝国王的上等美酒。然后，醉眼朦胧地在路口树起一个广告牌：专拔虎刺，兼修王冠。

身为大学哲学教授的老刀，能言善辩，而且越是酒肉穿肠，口才越好。朋友们打趣说，是大排档的扎啤养育了老刀的智慧。老刀低头不语，深沉着一张沧桑的脸。第二天上讲台，手里不拿教材，只拿个大号玻璃杯，满满的一杯茶色液体。说是茶水，其实是燕京扎啤。边讲边喝，边喝边讲，偌大的阶梯教室座无虚席。一男生对一个小女生耳语："醉话连篇。"小女生说："他讲醉话最精彩。"

啤酒以外，老刀还喜欢楹联。那天，我将昆明翠湖边一小店张贴的楹联写给他看：为名忙，为利忙，忙里偷闲吃杯茶去；谋衣苦，谋食苦，苦中作乐拿壶酒来。他连声叫好，说，你吃茶，我喝酒，店家赚钱。

店家赚钱，饮者买醉。醉界是个好地方，但这"好"不能说破，正如美丽的神话不能说破一样。唐伯虎"酒醒只在花前坐，酒醉还来花下眠"，是醉中高手；而郁达夫在日本的名古屋形影相吊地"衔杯无语看山明"，连醉界的门也没有找到。

星巴克的醋坛子

笑口常闭

以《说话》为题的随笔我读过两篇，一篇是朱自清的作品，另一篇是贾平凹的。两位著名作家都写《说话》，可见说话的重要。

会说话的人，在家赢得父母偏心，在职场赢得领导欢心，在情场赢得女人芳心，在朋友圈里成为核心，真是风光占尽。但我不善此道，不是说过了，就是火候不到。也想用心修炼，并且修成正果，但越是刻意，越是弄巧成拙。于是干脆直来直去。面对一个重要人物，当我不知道如何称呼他时，索性直呼其名。也许他觉得不太顺耳，但这称呼绝对正确。既然成不了巧言令色的人，就当一个真理卫士吧。

小时候，我羡慕独生子女，因为他们的父母没有偏心的机会；长大后，我羡慕帅哥儿，即使他们一言不发，身边也会美女如云；进入职场，我羡慕有背景有靠山的人，他们根本用不着自己说话，有的是人替他们说话；在朋友圈里，我羡慕有钱人，喝酒唱歌，只要你肯买单，大家都听你的。这些都能弥补嘴拙的缺陷，但我都没有。

病从口入，祸从口出，闭嘴可以消灾避祸，我常常这样安慰自己。会下围棋的人都知道，金角银边草肚皮。两个棋子往角上一放，一方天地就围出来了，若放在中间，四面全是开阔地，到处透风。角落是最好的地方，所以开会时我一般都坐在角落。你可以把我当成阿Q，可以嘲笑我是吃不到葡萄就说葡萄酸，但是，请在角落给我留一个位置。如果你鄙视我的行为，那你的位置一定在引人注目的地方。那么，请台上坐，请吧。

别人笑口常开，我笑口常闭。口一开，就要说话，那不是我的长处。闭嘴，却笑着，笑意挂在嘴角，含蓄而神秘，高深莫测，蒙娜丽莎就是这样出名的。

醉眼朦胧

欧阳修喜欢喝酒，但饮少辄醉，所以他给自己取了个颇具自嘲意味的别号叫"醉翁"。我酒量也不行，但我醉了，只是一个"醉鬼"，因为我写不出《醉翁亭记》那样的美文。

男人交朋友，大都从喝酒开始。觥筹交错间，与生人谈谈天气，与熟人谈谈心情，距离很快就近了。而且，有些平时很在乎的东西，酒后可以不在乎。一位在大型国企工作的朋友因为单位裁员，随时可能失业。他们单位附近有一家音像店，天天播放顺子的《回家》。他在酒桌上无可奈何地对朋友们说，我对这两个字本来就敏感，她天天冲我唱，唱得我都快爆炸了。说完端起粗大的扎啤杯，一饮而尽。

我告诉他，我刚从西安的兵马俑博物馆回来。在那里，我搞懂了一个问题，为什么古代达官贵人的鞋尖都是翘起来的？因为那是地位和身份的象征。越是有地位有身份的人，鞋尖翘得越高，这叫趾高气扬。我让这位被《回家》吓破了胆的朋友看我的鞋，鞋尖也是高高翘起的。我说，我一直为此而烦恼，问过几位修鞋师傅，他们都说是鞋子太大的缘故。是啊，我不喜欢穿小鞋，我喜欢穿得宽松一点。然而，脚趾踩不到的那个位置，一天天翘了起来。我问有没有办法矫正，修鞋师傅建议我在那个位置垫些海棉之类的东西。可垫上了，依然是翘。在去"兵马俑"之前，我险些把这双鞋扔掉。但现在，我庆幸还穿着它，因为它太像帝王将相们脚上的鞋子了。醉眼朦胧时低头一看，好感觉立马就来了。

回家不可怕，塞翁失马，焉知非福？况且，有多少人、多少事都在历史的烟尘里下落不明了，是非成败转头空。如果还烦，就喝酒吧，只要兜儿里还有一壶酒钱，就能醉眼看人生。有人说，身体是1，其余都是0。1站稳了，后面的0才有意义。那么，怎样才能让1站稳呢？淡泊、达观的人生态度当然必不可少，除此之外，最好经常使用蓝天六必治牙膏。也许你已经听说了：牙好，胃口就好，吃吗吗香，身体倍儿棒。

星巴克的醋坛子

一位朋友对我说："我的父辈在苦水里泡大，我在糖罐里泡大，而我的下一代正泡在醋坛子里。"真是一语中的。"城市里流行一种痛"，这种痛除了拿醋熏着，似乎没有更好的办法，尤其在星巴克那样的地方。

天寒地冻的北京，在长安街附近的一家星巴克咖啡馆里，我听到一个红头发帅哥对着手机说："喂，老婆，你怎么还不来呀，想你想得好心痛啊。"我立马下意识地裹紧衣服，他的语调让我一下子从头冷到脚。美国《财富》杂志说，星巴克改变了一切——从美国人喝咖啡的习惯、日常用语，到繁忙的大街。可我感受最深的是，它改变了前卫帅哥说话的语调。直觉告诉我，帅哥用这种语调哄着的，不是他的正牌老婆，充其量只是第 N 个好妹妹。当然，这不是我所操心的事，我的当务之急是喝杯热咖啡，暖暖身子。

　　我喜欢星巴克的绿色美人鱼标志，喜欢那里的蓝调和爵士乐，但我的听觉和视觉不断遭到醋坛子的骚扰。在我旁边的一个位子上，一个发式如清汤挂面的小女子正在对同伴炫耀她脖子上新买的项链："好看吗？嗯，好看吗？戴梦得的钻石项链耶。"同伴问："谁给你买的？"清汤挂面小脸一扬："当然是我老公啦。"同伴又问："第几任？"清汤挂面佯嗔薄怒："讨厌呀你。"然后点燃一支烟，动作娴熟地吐出一个烟圈儿，漫不经心地说："新傍的，房地产阔少。"这时，清汤挂面脖子上挂着的手机响了，她拿起来聊了几句，然后开始撒娇："刚回来两天，你又要飞呀。你走吧，不理你啦。什么，这回是巴黎？那好吧，记得给我带礼物啊！"我想呐喊：清汤挂面，我恨你！刚刚暖和一点，你又给我降温，还让不让人活啦？

　　但我心里明白，这种说话讲究语调、衣着讲究细节、生活讲究品位的小资女人，其实活得一点不比我好。她们不冷，但郁闷。一个人心事重重地呆在屋子里，想睡睡不着，不睡又犯困；开着灯嫌亮，关了又怕黑；睁着眼发涩，闭上又大脑兴奋；干脆思考问题吧，又思绪如麻，找不到题目。这让我想起一个笑话，一男一女到饭店吃饭，老板对男的说："一看相貌就知道你是山东人。"男的说："看得真准。"女的说："你能看出来我是哪里人吗？"老板仔细看了半天，最后摇摇头说："不好意思，你实在太难看了。"

第三辑　风中的思绪

对风筝而言，至高无上的自由是挣脱牵扯着自己的那条线。但那样，它就不再是风筝，而是飘飞于风中的一张纸片了。一张纸片的自由还有什么意义呢？

弯月如钩

月亮这个字眼儿，使我想到逝去的年华。

很多年前，我编辑过一本叫做《上弦月》的油印文学刊物，那是一帮年轻人以文学的名义扎堆儿取暖的精神家园。取名《上弦月》，是因为我们在文学创作上刚刚起步，离梦想中的一轮皓月尚远。在那个理想主义年代，我们义无反顾地拥挤在文学的羊肠小道上，而这本简陋的刊物有如一朵色彩斑斓的小花，开在我们热情澎湃的心田。赤橙黄绿青蓝紫的颜色，金木水火土的形态，酸甜苦辣咸的滋味，一册在手，如鱼饮水，冷暖自知。

我在西山脚下租住的一间小屋，成为文朋诗友们经常聚会的地方，也成了《上弦月》的落脚点。那是一座鸡鸣犬吠的院落，我的小屋在院子的西北角，门前有一株粗壮的枣树。春天甜腻腻的枣花香，盛夏窗外的大雷雨，秋夜的一庭明月，寒冬呼啸的朔风，成为我记忆深处永远的风景。

"一箪食，一瓢饮，在陋巷，人不堪其忧，回也不改其乐。"颜回能够虔心向道，我也能。忙完了白天的工作，回到山脚下的小屋，吃着泡面，啃着烤红薯，从浓酽的小说中咀嚼世间况味，从淡泊的散文中领悟闲情逸致，从优美的诗歌中体会人生妙境，那种忘我与陶醉，全然出自内心深处圣徒般的文学情结。

月明星稀的夜晚，大家聚集在我小屋门前的枣树下，从散发着油墨香的《上弦月》，说到米开朗基罗的雕塑、张择端的《清明上河图》、残缺的《红楼梦》、断臂的维纳斯、《老人与海》里的硬汉、永和九年的那一场醉，然后是艺术创作的虚与实。

有人借助山水诠释：地上的山水是实，是创作素材；当素材成为艺术作品，山水由实变虚；但此虚不同于虚假，优秀的文艺作品使人身临其境，能够引起人的共鸣，这就要完成由虚向实的回归，此时的实是全新意义上的艺术的真实。有人借助禅理诠释：由实到虚，是从入世到出世；由虚到实，是从出世再到入世；由实再到虚，便是超世。超世意义上的文艺作品，往往具有震撼人心的力量，因为其创作者已然世事洞明，人情练达。皎洁的月光映照着一张张年轻的脸庞，文学艺术让我们如此痴迷。那情境，正是"皓月一天，无边无际；兰心数瓣，有开有合。"

一位写诗的朋友因深陷《葬花词》而变得多愁善感，形容憔悴。她的诗稿格调灰暗，悲观伤感。在一个有月亮的晚上，她和我讨论《葬花词》。我说，姣花照水的林黛玉是花魂转世，当她独自站在花阴里伤心落泪时，花魂也在旁边默默相守。她以凄苦的生命为代价，换取了"冷月葬花魂"的惊世骇俗。在清冷的月光中，她那超凡脱俗的灵魂慢慢消融，与花魂一起随风而去，飞向天尽头。林黛玉活在梦里，而万丈红尘中的世俗生活不是梦。所以，阳光对我们更有意义，它不仅使我们真实地看清眼前的一切，而且强壮我们的骨骼。

我说这些话的时候，她抬头望着天空。青石板一样的天空上，一轮明月正在千姿百态的云朵间穿行。晚风清凉，秋虫在野草间忘情地歌唱。

她脸上的神情明快而生动，忧郁消失了。几天后，她给我送来厚厚一摞稿纸，每页500字的那种大稿纸，上面印有"人民文学"字样，那是我见过的最体面的稿纸。

读万卷书，行万里路。有一年夏天的拒马河之行，至今记忆犹新。七八个文学青年下班后乘火车出发，到达目的地时已是月在中天。我们在一声声犬吠中穿过一个村子，朝远处的河边走。月色漫无边际地朦胧着，走在芳草萋萋的乡间小路上，犹如走在童话般的梦境里。同伴随身携带的录音机里播放着悠扬婉转的音乐，那样的乐曲与那样的月色，简直珠联璧合。我感叹，此曲只应天上有，人间能得几回闻！同伴说，音乐是他从一个朋友那里翻录的，遗憾的是，他不知道那首乐曲的名字。

很多年以后，在一个中秋节的晚上，那位朋友特地打电话对我说，终于找到了，那是一首排箫曲，名字叫《孤独的牧羊人》。于是，我从网上下载了这首使我梦魂萦绕的排箫曲，并且用作手机铃声，直到现在。拒马河边那个朗月的夜晚是难忘的，如水的月色、静静的河、河里的水草、岸上的篝火、篝火旁的欢笑声，在风尘仆仆的岁月里，留下深深的印记。

"遥远的夜空，有一个弯弯的月亮。"弯弯的月亮是上弦月，月如钩，挂满愈酿愈醇的陈年往事。

清凉境界

随时

师徒二人住在新落成的禅院里。盛夏,徒弟望着光秃秃的地面说:"我们撒些草籽吧。"师傅摆摆手:"随时。"

自然法则告诉我们,盛夏不是播种的季节。所谓春雨贵如油,是说春雨因播种而昂贵。到了盛夏,雨没完没了下到冒泡儿,不值钱了。假如错过了春天的播种,就要等到深秋,北方的冬小麦就是在深秋播种的,麦根在地下经过冬眠,蓄积起旺盛的生命力。播撒草籽,可以效法冬小麦的播种。天有四时,人有盛衰,道理是一样的。机遇来了,不要错过;没来,也不要操之过急,欲速则不达。

随性

秋凉时，师傅买回来一大包草籽，让徒弟去播种。忽然一阵风起，草籽飘飞。徒弟说："不好，草籽被刮跑了。"师傅平静地说："随性。"

该走的留不住，该留的走不了。为什么有些草籽会随风而去呢？因为它们腹中空空，分量太轻。这样的草籽留下来也不会发芽。人间情缘也是一样，经得住岁月沧桑的才是真感情。真感情不必刻意挽留，心在，她走不远。如果走远了，说明心已经不在了，即使勉强留下，也是一副空壳。

随遇

草籽撒完，几只小鸟飞来啄食，徒弟又急了。师傅翻着经书，漫不经心地说："随遇。"

世事茫茫难自料，谁也不知道前面会遇到什么，索性随遇而安，吉凶祸福，随它去吧。"宠辱不惊，看庭前花开花落；去留无意，望天上云卷云舒。"我欣赏这样的人生。

随缘

夜里下起了大雨，徒弟喃喃自语道："这下完了，草籽都被冲走了。"师傅正在打坐，轻声说："随缘。"

全被冲走是不可能的，一点不被冲走也不可能。雨水冲刷是另一种播种，是对前一次播种的修改润色。经历了风雨的种籽，才能写出绿色的篇章；经历了风雨的人生，才能看见岁月的彩虹。

随喜

十多天后,光秃秃的禅院长出了幼苗,就连没有播种的墙角也泛出了新绿,徒弟高兴极了。师傅微笑着站在禅房前,点头道:"随喜。"

看似漫不经心,却胸藏万壑,只因洞悉了世间玄机。这是师傅的高明之处,也是人生的大境界。

有礼走遍天下

　　有礼走遍天下，那要看怎么走。不同的文化背景，不同的民族习俗，形成了各种各样不同的礼节。有人把世界叫做地球村，在这个不大也不小的村子里，人际交往的礼节千差万别。

　　在美国和北欧，人们握手非常有力，而且不马上松开。但在中国，大概只有干粗活儿的庄稼人才会这么做。有身份、有地位的人，只是简单地把手伸给你，仿佛给你一种恩赐。那手是直着的，绵软无力，只蜻蜓点水般与你的手掌挨一下，就很快收回去了。名义上是握手，但并不真握，接触得也不实。那一瞬间，你的感觉简直糟糕透顶，扫兴极了，沮丧极了。对方的居高临下，一下子衬托出你的微不足道，让你产生一种无法逾越的距离感。遇到这种高贵的手，我总是尽量躲开，因为我并不想占谁的便宜。如果从握手中感觉不到一种真诚的情意，我宁可不握。

　　在西班牙，两个人谈话时离得很近，并且互相注视对方的眼睛，但英国人刚好相反。离得太近，唾沫星子溅到脸上，不仅恶心，而且容易传播疾病，可见西班牙人的卫生习惯不太好。我有一个朋友，人高马大，站在我面前像一座山。我退后一点，山就往前移动一点，说话时呼出的热气熏得我昏昏欲睡。我怀疑他有西班牙血统，已很少和他说话了，因为我对蒸气浴没有兴趣。我赞成英国人的做法，如果两个人听力正常的话，还是离远一点好。当然，也不能太远，拒人于千里之外，唾沫星子和蒸气浴倒是避免了，但也失去了诚意。

到美国人或欧洲人家里做客，你可以赞美他们的居室及各种陈设，以鉴赏家的口吻品评墙上的画和架子上的书，那样不仅显得你学识渊博，有品位，还能讨得主人的欢心。但如果你到中东的阿拉伯人家里做客，说话就要小心了，因为你每赞美一样东西，主人就以为你惦记上它了，如果不把那样东西送给你，他就不够朋友。所以在阿拉伯人家里说好话并不是一件友好的事，如果你把主人的房子连同所有陈设赞美一遍，那无疑于将主人扫地出门。听话听音，锣鼓听声，中国人含蓄，阿拉伯人也含蓄，喜欢琢磨别人的话外音。我现在已经懒得动脑筋了，客人赞美我的《八骏图》时，我只是含笑听着，心里受用，并不把画送给他。即使听懂了他的心思，我也装傻，因为我根本没打算把那幅画送人。

俄罗斯人喜欢在酒桌上交朋友，海量又有酒德的人，人缘儿好，办事左右逢源。这和我们的习俗差不多，"感情深，一口闷；感情浅，舔一舔。"中国人的交情同样要接受酒精的考验。酒场如战场，从甜言蜜语、花言巧语，到豪言壮语、胡言乱语，少不了一番唇枪舌剑。喝起酒来热火朝天，但不喝酒时，中国人的吃相还是蛮斯文的，这与日本人不同。日本人吃面条，故意呼噜呼噜地弄出声响，吃得越响，厨师越是高兴。尊重别人的劳动是应该的，但那种吃相的确不够雅观。一个人在家吃还好，如果一帮人在食堂吃，说不定会把某种动物招来。

107

风中的思绪

自由

飘上半空的风筝，不论看上去多么悠然不羁，终是有一根线牵扯着。这根线决定着风筝的自由程度。

当然还有风。如果风没有了，风筝的自由也就不被考虑了。

放飞者限制着风筝的自由，自己也失去了自由，他手上的那根线是要抓牢的。所谓自由就是这么一种东西，你不给别人，自己也无法得到。

对风筝而言，至高无上的自由是挣脱牵扯着自己的那条线。但那样，它就不再是风筝，而是飘飞于风中的一张纸片了。一张纸片的自由还有什么意义呢？

自由都是相对的。

羁鸟

邻人养鸟，每日晨昏遛鸟于郊外树林，一年四季，从不间断。

就想，为什么要把鸟养在笼中呢？若是爱，不应将鸟囚于狭小的笼子。"海阔凭鱼跃，天高任鸟飞。"鸟的家园在蓝天、在森林、在大自然，将一个自由生灵囚禁起来，令其望着远天、树林黯然神伤，怎么会是爱呢？若是恨，为什么又如此精心喂养呢？或食或水，样样周到，个中滋味，堪比生儿育女。

对邻人养鸟的心思，我迷惑了。

那么鸟呢？它对主人应该感恩还是应该仇恨？日复一日地精心喂养，应该感恩。可主人一手制造了它的灾难，使它失去了最宝贵的自由，又该仇恨。

也许解决这一矛盾的不二法门，就是打开笼门，将鸟放飞。

缘分

有时候，你会偶尔想起一个人。这个人也许曾和你有过某种瓜葛，也许只是一面之缘。

想起一个人的时候，也许你会产生深深的怀念，记忆中的岁月一下子清晰起来；也许只在脑际一闪，很快就被别的念头淹没了。

怀念一个人的时候，也许你变得格外激动，情不自禁地修书一封或鬼使神差地拨通了对方的电话；也许只是想想而已，让怀念温馨在心头，一遍又一遍地对自己说：往事如烟。

书信写成或电话拨通的时候，也许你会迫不及待地将信发出或对着听筒与对方叙旧，再续前缘，重新拥有一段故事；也许凄然一笑，将信收起，或对着听筒默不作声，让起点成为终点。

究竟会怎么样呢？就看两个人有没有缘分了。有缘千里相会，无缘咫尺天涯。空间距离很近时，也许心与心的距离很远；空间距离很远时，也许心与心已紧紧相连。

汲水

我的老家鲁西南乡村，有一种汲水装置。那种装置很简单，操作也很方便，只要握住把手轻轻一压，清澈的井水就会一股一股涌出来。但前提是，你必须先往里面注水，用注进去的水把井水引出来。

当然，你注了水，也有可能压不出井水来。这有两种情况，一是操作方法不对，二是汲水装置出了故障。但如果不注水，肯定压不出一滴井水。

"不播种，怎么能有收成呢？"一位乡村教师说破了这个奥妙。

是啊，不付出，怎么能获得呢？所谓舍得，先要舍，才能得啊。但这个浅显的道理，往往被我们忽略。

花边

有一种朋友，既不能在寂寞寒冷时扎堆儿取暖，也不能在困顿无助时成为一条路。在你或喜或忧的日子里，他们只是一种点缀，一种虚拟的花边。

故交相聚，花边往往俯视，就是那种"一览众山小"的架势。也许他们活得并不景气，但和你在一起，他们立马找到了景气的感觉。

一个本身缺油少盐的人，永远不要指望得到花边的油水。但花边可以使你成为他脚下的某种物体，不知不觉间将其垫高。当他们发现你的某种资源后，总是巧妙地给你一种错觉，似乎你们之间知心知底。其实，不知道你的心思，怎么顺藤摸瓜？不知道你的底细，怎么探囊取物？

当然，你可以在百无聊赖时眉飞色舞地提说你们的交情，尽管那交情犹如一截长长的烟灰，手指一动便化为乌有。

亲近小山

17岁以前，我没见过山，连石头也没有见过。我看到的只是一望无际的黄土地和生长在黄土地上的庄稼、牛羊。便感觉山很神秘，想象着那是一个隐藏了许多故事的地方。

后来，我家从鲁西平原移居北京，住在了重峦叠嶂的西山脚下，就常常去爬一座叫做翠微的山。这山不高，大约半小时便可到达山顶；也没有特别的秀色，满山都是普通的松柏和灌木。但我却满心喜欢着这座朴素的小山，草丛间零星的野花，秋风里瑟瑟的衰草斜阳，松风拂动的空灵，秋虫鸣叫的清幽，都让我亲近，使我安详。

就想，此生不必走得很远了。人在山中，闻虫鸣则是家园，见夕阳老树则是天涯，头顶的几朵闲云又慰藉了一颗驿动的心灵。如此光景，何必再去远方劳动脚力呢？

峨嵋天下秀，那秀色是天下观光客的。喜玛拉雅巍峨壮美，那壮美只属于登山英雄。真正属于我的，或许只有这小山的朴素。

春天的提示

有人出门问路没有得到好声气，或者邻里间绊了嘴，同事间有了隔阂，就抱怨人心无常，世道艰难。其实，人心往往只隔着薄薄的一层纸，这纸没有被点破，也许是我们将它误作了一座山，也许是太在惜了自己的手指头。

善念是冷漠的天敌。沐浴在善念的阳光里，我们便用心温存了自己的言语，人际氛围因此而变得温馨。北京香山的南山景区有一片松林，林间是草坪，草间有花，花间立一木牌，上面用娟秀的字体写着一行字：请别摘走向您微笑的那朵小花，她还要向每个人问好。这行字打动了我，眼前这个诗意的春天一下子变得格外明亮。

　　一边感动着这份暖晴，一边又想起别处同样内容的木牌——勿折花木，违者罚款——就感叹真是两种天地，天地两种了。

　　同是一块木牌，提示着同样的内容，却因为言语的不同而让人感受迥异。你看，心与心的相通是难是易呢？

快乐的理由

陈升唱："从此以后我再没有／快乐起来的理由"。旋律优美感人。我喜欢这首歌——《把悲伤留给自己》，尤其是开篇的口琴声。但他的忧伤与孤独我不赞成。无论男女之间的爱情，还是男人之间的友情，抑或亲人之间的温情，都不宜以悲伤为基调。我指的是生活，而不是音乐。在KTV包房里，忧伤一下无妨，但出了门，天高地迥，还是得把快乐找回来。

快乐是生命的润滑剂，而悲伤容易使生命发生故障。按照托马斯·刘易斯博士的说法，人类在进化过程中所形成的免疫系统，足以抵御任何疾病。那么，人为什么还会生病呢？因为坏习惯和坏情绪使免疫系统遭到了破坏。撇开不良生活习惯，单说坏情绪，忧郁、沮丧、伤感、焦虑可使人感冒，愧疚感可使人内分泌紊乱，这些异常情绪干扰了免疫系统的正常工作，于是"病"来了。

年轻貌美的女歌手姚贝娜，在弥留之际留下了几句肺腑之言：恶劣情绪总要找到一个出口，要么精神出问题，要么身体出问题，我属于后者。在这个世界上，快乐地活着比什么都重要。与快乐和健康相比，其余都可以忽略。姚贝娜说得好，可惜她觉悟晚了。如果你不想让自己的免疫系统出问题，就请听从姚贝娜的劝告，不要对悲伤恋恋不舍。快乐就好，不需要理由。

那么，不快乐的原因是什么呢？有调查显示，人的烦恼和苦闷，主要来自人际关系。那好，我们就把人际关系调整一下。与人相处，真诚是底色和基本面，虚头巴脑、油腔滑调的人可以得势一时，却很难得势一世。但不折不扣的真诚，也未必能为你带来好人缘儿。有时候，机智反而显得更重要。一事当前，既要用心，又要用头脑。

为什么好心也会办错事呢？因为好心肠一旦脱离了理性的轨道，就容易跑偏。成人之美是一种美德，但如果你用牺牲自己的方式去成全别人，就会使被成全的人背上沉重的人情债。债务人的心理一般是这样的：还得起就还，实在还不起了，就赖，就躲，就反目。民间借贷中反目成仇的案例还少吗？所以，不要把所有问题都自己扛，多余的牺牲他不懂心疼。这一点，任贤齐最有体会，心太软不行。钱钟书先生的做法是：将所借数目打五折，然后告诉借钱的人，不用还了。在他看来，覆水难收，钱也一样。假如对方执意归还，便视为意外之财。这样，快乐的空间就变得广阔了。

高尚是高尚者的墓志铭，卑鄙是卑鄙者的通行证。北岛的诗歌告诉我们，理想很美好，现实很残酷。要求别人真诚的人，自己不一定真诚；要求别人善良的人，自己不一定善良；要求别人高尚的人，自己不一定高尚。你有识破伪装的火眼金睛吗？没有，就把姿态放低一点。假如拯救不了别人，就先拯救自己；成全不了别人，就先成全自己。炎凉冷暖的岁月里，问心无愧地活着，并且用笑脸为生活贴上一个快乐的标签。

一枚硬币

　　小孩子捡到一枚硬币，也许会兴奋得手舞足蹈。因为年纪小，他们对金钱的认识还处于懵懂状态。在他们眼里，钱只意味着几根薯条、几颗话梅、一根冰棍或一颗棒棒糖。所以，捡起一枚硬币，他们就捡起了一份快乐。

　　成年人不同，一枚硬币对他们来说，微不足道。他们的欲望大得像海，而一枚硬币不过是一滴水而已，即使走路时看到了，也懒得弯腰去捡。很多年前，我的一个朋友写过一篇小说，叫做《一分钱掉在地上没人捡》。在乘客稀少的公共汽车上，一个青年掏钱买票时，将一枚一分面值的硬币掉落了。他表情淡漠地看了一眼，没有理睬，径自坐到车厢前面的座位上。旁边的几个成年人看到了，也没有理睬，包括那位年轻漂亮的女售票员。最后，一个小男孩把它捡了起来。捡起来时，那个青年已经下车了，小男孩把硬币举起来，试图交给售票员。售票员浅浅地笑了笑，没有接。于是，小男孩把硬币紧紧地纂在手心里，如获至宝。

　　一分钱掉在地上没人捡，如果是一张百元大钞呢？不捡，并不是因为对钱缺乏兴趣，而是因为它的面值不够大。面值小，面子就显得重要了。为了一分钱弯腰，红脸，犯不上。然而，在公交车上，在马路边，在任何一个公共场所，捡到一分钱是容易的，而捡到一张百元大钞的概率却很低，所以孩子比成年人更容易得到快乐。

有一个成年人与众不同，他很在乎掉在地上的硬币。那天，一枚硬币从他的口袋里掉出来，滚进了路边的泥水里。他正要走过去捡，一个青年帮他捡了起来，然后擦干净，交到他的手上。他赶忙道谢，并且掏出 100 元钱，作为对青年的酬谢。

对于自己的行为，他是这样解释的：如果不捡起那一枚硬币，它会从此在市场上消失，而以这种方式退出流通是它的不幸；给青年 100 元钱，他会用在该用的地方，只要物尽其用就好。钱可以消费，但不能浪费，该珍惜的一定要珍惜，哪怕只是一枚硬币。这个人就是世界华人首富李嘉诚。在李嘉诚面前，我们都是穷人。可一枚硬币掉在地上，李嘉诚捡了，我们却懒得捡。

当没有百元大钞可捡的时候，捡起一枚硬币吧；当没有惊天动地的大事可做的时候，做好身边的小事吧；当你理想中的幸福还很遥远的时候，珍惜一点一滴的快乐吧。

何谓有福

　　夜读古籍，我被一个叫介子推的书生深深打动。他学识渊博，才华横溢。晋文公多次派人请他到朝廷做官，他都以侍奉年迈的母亲为由，拒绝了国王的美意。为了避免朝廷再次纠缠，介子推背着老母亲躲进了深山老林。晋文公一气之下派人烧山，大火烧了三天三夜，介子推和他的母亲均葬身火海。后人为了纪念这位清高的文人和孝子，每年的这个时候，连续三天不生火做饭，以冷食果腹，这就是寒食节的来历。学而优则仕，读书人大都以仕途作为自己的人生目标，以为头上有了乌纱帽，就找到了幸福。但介子推是个例外，他的幸福与官场无关。

　　所谓幸福，就是得到自己想要的生活。因为每个人对生活的希冀不同，幸福的内容和标准也不同，比如，锦衣玉食是一种，布衣粗食是另外一种。狼的幸福是吃肉，而羊的幸福是吃草，假如颠倒一下，把草给狼，把肉给羊，两者的幸福就都不存在了。所以，没有哪一样东西与幸福绝对相关。美酒一杯，想喝的时候是幸福，不得不喝是痛苦。大饭店里觥筹交错的盛宴何等气派？但不一定每张笑脸的后面都是幸福。也许有的人更愿意在路边小店散淡随意地与朋友对饮，或者安安静静地在家喝粥。后主刘禅在灯红酒绿的繁华场乐不思蜀，而介子推在简单朴素的日子里逍遥快乐。终日声色犬马是不是享福？对后主刘禅是，而对介子推不是。

　　我们往往以为拥有的越多就越幸福，所以钱多了还要多，权大了还要大，房子、车子、票子、位子，一样都不能少，得到了眉飞色舞，得不到就怨天尤人。这样的追逐永无止境，年复一年里，你会因患得患失而与幸福无缘。还是让我们听听童话大王郑渊洁是怎么说的吧，他在《奔腾验钞机》中告诉我们，有所得是低级快乐，无所求是高级快乐。原来快乐也是有等级之分的，许多人忙忙碌碌所追逐的，不过是来去匆匆的浅层快乐，而根深蒂固的大快乐是无欲无求。

　　无欲则刚，人到无求品自高。这让我想起一位老人，他五岁时因高烧双目失明。一生只有五年的光明，是不是太少了？他的人生是不是很不幸？但他慈祥地笑着说，不，我很幸福。父亲和母亲灿烂的笑脸，五彩缤纷的花朵，草叶、露珠和火红的朝阳，我至今记忆犹新。与那些先天失明的人相比，我已经很幸运了，他们从来没有看见过这个世界，而我却拥有那么美好的回忆，五年的时光虽然短暂，但足以照亮我的一生。五年的光明，成全了一个人的幸福，而一生都有光明相随的人们，找到属于自己的幸福了吗？

　　小时候看电影《创业》，里面有一句经典台词："有条件要上，没有条件创造条件也要上。"人生的幸福也是这样，如果没有现成的，就自己动手创造。国画大师黄永玉成名前，曾在北京示新巷居住。那是一间再简陋不过的房子，墙皮剥落，蛛丝结网，甚至连一扇窗户都没有。但黄永玉并没有让这间陈旧的居室破坏自己的心情，他花了一天的时间将房间打扫得干干净净，然后对着四面墙壁哈哈一笑，拿出一张洁白的宣纸贴在墙上，信手在上面画了一扇窗户。望着那扇栩栩如生的窗户，他觉得屋外皎洁的月光透过窗棂照了进来，小屋顿时充满了生机。房间要有一扇窗户，人的心灵也要有，透过这扇窗，我们可以望见和找到自己的幸福。

心若改变，想法随之改变；想法改变，习惯随之改变；习惯改变，性格随之改变；性格改变，人生随之改变。我欣赏台湾作家林清玄先生对待工作的态度。他说，我是农夫的儿子，家里世代务农。农家每年只收成一次，但天天下田工作。作家也是如此，把心思花在耕耘上，收获的不仅是作品，还有快乐。林清玄先生的作品几乎年年高居畅销排行榜前列，这是他勤奋写作的结果，但不是他勤奋写作的终极目的。他之所以写作，是因为在写作过程中，他的内心充盈着幸福。

贪婪、嫉妒、怨恨、张狂，是心灵的尘埃。当你自认为需要某种也许你并不真正需要的东西时，贪婪之心产生了；当你将自己的所得与别人的所得进行不合理比较时，嫉妒之火燃起来了；当你因为被轻视或遭受某种委屈而勃然大怒时，怨恨使你的心理失去平衡；当你试图给人留下一种名不副实的印象并以此抬高自己时，张狂使你的心态浮躁了。如果你总觉得别人比自己过得好，如果你一点都感觉不到幸福的存在，那么请你将内心的尘埃打扫干净。

边挣边花

　　节日总是喜庆的，因为它方便人们找辙享乐。小时候，天天盼望过节。现在想，即使天天过节，人的一生又能有多少个节日呢？这是一道简单的算术题，按 70 岁计算，是 25550 个；按 100 岁计算，是 36500 个。我被这两个数字震撼了——谁也赢不了和时间的比赛，生命就这样一天天黯淡下去。

　　假如能够预知自己生命的长度，或许我们可以把人生安排得好一些，因为那样的话，用多少时间挣钱，再用多少时间把手上的钱花出去，我们可以胸中有数。但生命过程中不确定因素太多，我们无法测量他的长度。于是，有人透支，负债累累；有人聚多散少，把大量金钱留在了身后。

　　人的一生究竟需要多少钱，这个数字很难确定，但有一点是肯定的，那就是决非越多越好。世界首富比尔·盖茨说："等你有了一亿美元的时候，你就会明白，钱不过是一种符号，简直毫无意义。"我永远不会拥有一亿美元，所以我无法体会金钱变成符号的感觉。对一个普通人来说，金钱还是有意义的，因为你的衣食住行都离不开它，它可以给你带来很多方便。但从另一个角度看，金钱能够带给我们的，也许只是这些方便，它无法代替我们思考和体验。换句话说，一个人活得幸福与否，并不完全取决于金钱的数量。

　　一个渔夫，每日钓鱼充饥，吃饱了就在沙滩上晒太阳。一个过路的商人看见了，不解地问："你干嘛不多钓几条呢？"渔夫反问："为什么？"商人循循善诱："可以卖呀，卖了钱可以买张网，有了网就能捞更多的鱼。"渔夫问："要那么多鱼干什么？"商人说："卖更多的钱呀，有了钱又可以买条船。"渔夫问："买船干什么？"商人说："出海呀，捕更多的鱼，卖更多的钱，然后开个渔业公司，发大财。"渔夫问："发大财又干什么？"商人说："当富豪呀，那样的话，你就可以天天在沙滩上晒太阳了。"渔夫说："我现在不是正在晒太阳吗？"商人终于无言以对。因为生存哲学不同，他们对金钱和幸福的理解各不相同。渔夫在贫穷中天天过节，商人在富有中日日忙碌。美国石油大王洛克菲勒说："我是一个除了金钱以外，一无所有的穷光蛋。"看来金钱的富有和人生的富足并不完全是一回事。

　　道理是浅显的，但滚滚红尘中，又有多少人能真正看破呢？"天下熙熙，皆为利来；天下攘攘，皆为利往。"世俗的法则让我们不敢小看金钱的威力，即使没钱，也要装出一副若无其事的样子。一位失业女工对她上小学三年级的女儿说："不能让你们同学看出来咱家没钱，人家会瞧不起你的。"为了掩饰家境的窘迫，她给女儿买最好的衣服和学习用具，而面子背后的辛酸，只有自己默默咀嚼。越没钱的人越是遮遮掩掩，因为在金钱社会里，让人知道没钱比没钱本身更难堪。当然，也可以不遮掩，俭朴的日子里也有幸福。前提是你的精神世界要充实，还要能够放下一些东西，比如，面子。

　　《红楼梦》诗曰：世人都晓神仙好，惟有金银忘不了。终朝只恨聚无多，及到多时眼闭了。辛劳一世，即使聚起了金山银山，又能怎样？所以，我的金钱观是边挣边花，不透支，也不做吝啬的守财奴。手上有闲钱的时候，我去酒楼吃大餐；没钱了，就在家里喝小酒。两种消费，一样的醉界。

有话好好说

嘴的功能有两个，一是吃喝，二是说话。羊吃草，狼吃肉，各有各的习性。也有荤素兼吃的，比如，人。人不仅杂食，而且杂说，以各种各样的方式，说各种各样的话。

有的人一开口就滔滔不绝，大问题若干，小问题若干，讲得头头是道。可把他话里的水分拧干，就什么都没有了。这就是说，他的话毫无内容。没有内容，却能煞有介事地说半天，这是一种本事。有这种本事的人，多在官场上混。换句话说，在官场上混，必须具备这种本事。官场险恶，说有内容的话容易招灾惹祸，所以在开口之前，先将话的内容抽掉，只剩下一层花里胡哨的话皮，然后就可以放心大胆地摇唇鼓舌了。

如果你不会长篇大论地说空话，那就当作家吧。作家写作，有话则长，无话则短，如果心是空的，就干脆闭嘴。官场上是不能随便闭嘴的，你的声音没有了，地位也会随之消失。而一个作家，只要他的作品能在图书馆的书架上呆得住，就什么都不用说了。能将自己的作品放进图书馆的人，不一定能将自己放进官场，因为他们总是情不自禁地说有内容的话。

如果你的话不仅有内容，而且有根有据，科学严谨，那你就是学者。学者离官场更远，浓厚的书卷气使他们显得呆头呆脑。《魔鬼辞典》对"学者"一词的解释是，对别人知道很少的事，他们知道得很多。人脑的容量是有限的，对一些事知道得多了，对另一些事就知道得少。比如，对官场的游戏规则，学者们就不太懂。他们在自己的领域里是智者，出了那个领域，还不如普通人显得精明。一个有自知之明的学者，会老老实实呆在书房里，而不对灯红酒绿的繁华场存有觊觎之心。

那么，什么人离官场近呢？是那些会说巧话的人。巧话说得好，就粉墨登场，先登娱乐场，再登官场。有的人很不屑，把人家说成马屁精。这是愤世嫉俗，但也有点吃不到葡萄就说葡萄酸的意味。像伯夷、叔齐那样，宁肯饿死在首阳山也不食周粟的人，现在恐怕没有了。在气节和生命之间，我们会毫不犹豫地选择后者。不知是伯夷、叔齐太不明白了，还是我们太明白了。不要说锦衣玉食、宝马雕车，就是蝇头小利，也会使我们变乖，话软得拾不起个儿来。

有的小说或电视剧特别注明"纯属虚构"，那是作者怕惹麻烦。我不怕，你尽管对号入座。然后，想想，说点什么。顺便提示一下，有话好好说，你说什么样的话，就有什么样的位置。

狼的善举

假如我的枪口下站着两个人，而我只能对其中的一个人开枪，我的选择是这样的：如果是一个善人和一个恶人，就打死那个恶人；如果是一个恶人和一个伪善的人，就打死那个伪善的人。恶人固然可恶，伪善者更加可憎。因为知道恶人的恶，你会小心提防，伤害也就容易避免，而伪善者的袭击往往猝不及防，这种人更危险。

当然，善恶是相对的，在特定的时间，特定的场合，善者也会有恶念，恶者也会有善行。高大全式的完人是不存在的，一个人具备了一些东西，就往往缺少另一些东西。上帝对完人没有兴趣，所有到这个世界上来的人，都有这样或那样的缺点。有的人缺点少些，成了我们眼里的好人；有的人缺点多些，我们将其看作坏人。但不折不扣的好人和不折不扣的坏人，或许是没有的，"好"和"坏"都有折扣的余地。我不相信面相和脸谱，也不以此推断人。一个好人做了错事，我会原谅他，因为他也是吃五谷杂粮的俗人；一个坏人做了善事，我会平静如常，因为坏人并不时时刻刻都坏，只要人性在，他能离谱多远呢？所以坏人偶有善

125

行，不必大惊小怪。我看重真实，好在明处，坏也在明处。我最不屑的是伪善，用一种东西遮掩另一种东西，不是大丈夫所为。一株植物，我不会因为它不开花而鄙视它，但如果它像罂粟那样，看上去艳丽，却包藏祸心，我会极其厌恶。

　　班车上，一个烟民掏出两支香烟，自己点燃一支，递给另一个烟民一支。那人一边接烟一边说："别抽了，人家说。"第一个烟民回答说："抽都抽了，还怕人家说？"结果，作为始作俑者，他成了众矢之的。在大家纷纷声讨第一个烟民的时候，第二个烟民不声不响地享受了那支香烟。大家把车厢里的烟气一古脑儿归罪于第一个烟民，而他打开车窗，雕塑一般凝视着窗外，一言不发。两个烟民中，我欣赏第一个。如果憋得住烟瘾，不抽，当然最好。抽了，就老老实实接受别人的指责。既要过烟瘾，又要讨巧卖乖，这种人不仅无趣，而且无聊。

　　《伊索寓言》里有这样一个故事。驴在草地上吃草，看见狼向它冲过来，就装出瘸腿的样子。狼跑到跟前后，问它怎么回事。驴说，过篱笆时，不小心脚上扎了一根刺，你能帮我拔出来吗？免得你吃驴肉时被刺卡住喉咙。于是，狼抓起驴腿，仔细寻找那根刺。驴趁机对准狼嘴狠狠一踢，踢掉了狼的牙齿。然后，飞快地逃走了。狼吃尽了苦头，自言自语道："真是自作自受。老爸只教我当屠夫，我干吗偏要改行行医呢？"驴并不比狼聪明，狼也并不比驴愚蠢。狼的上当，与智商无关。既要干屠夫的勾当，又要摆出一副行善的模样，才是它挨踢的真正原因。这一脚，似乎把狼踢明白了。但愿它从此收起伪善的嘴脸，好好做狼。

谁都惹不起

有两种人不好惹，一种是有身份有地位的人，一种是没身份没地位的人。

在单位，领导是有身份有地位的人，你敢惹吗？如果你还没有活腻味的话，就老老实实把尾巴夹起来。清洁工没身份没地位，你照样不敢惹。如果你胆敢和清洁工一般见识，那你立马名誉扫地。梁实秋先生说过，骂人要骂那些比自己地位高的人，能够对骂，说明彼此品位相当，骂的过程也是提升自己的过程。清洁工提升了，你就下沉了，沉到只有冷脸和白眼的最底层。这是一个风行包装的年代，所有的商品都在包装上大作文章，人也一样。一个人有没有修养是一回事，会不会用修养包装自己又是另外一回事。如果你看上去是一副有修养的样子，没人会绕到这副样子的背后去看个究竟。当然，如果你做出了修养欠佳的举动，比如跟清洁工吵架，也别指望别人会宽宏大量，善意地理解你的冲动。在通常情况下，人们会对你刮目相看，看得你浑身发冷，直到着凉感冒。

"一人怕孤单，两人怕辜负，三人怕孤立。"这是现代人的心病。在一个群体里，被孤立是一件很难堪的事，所以当别人看上去很有修养的时候，你也要显示出一副有修养的样子，该微笑时微笑，说话不带脏字，还有，千万不要和简单劳动者脸红脖子粗地当众吵架。修养可以是内在素质的表现，也可以是一种纯粹的表演。本身有修养当然好，没有，就在演技上下功夫。一个人笑着，不一定内心快乐。没有内心愉悦支撑的笑，是假笑。在许多场合，假笑是被接受的。换句话说，只要皮笑着，人们懒得追究肉是否也在笑。那些装饰在会议主席台周围的花们，不分季节地永远怒放着，怎么可能是真的呢？但人们的视觉效果很好，这就够了。我们已经容忍和接受了太多假的东西，假烟、假酒、假证、假唱、假学历、假中介、假信息、假技术、盗版图书、盗版音像制品、冒牌服装、冒牌化妆品、伪劣家电、伪劣食品、伪劣农资……再多一个假笑又何妨？当然，修养也可以是假的，假修养有时比真修养还好看。你关照了人们的视觉和感觉，人们就会关照你很多。不招惹有身份有地位的人，是生存需要；不招惹没身份没地位的人，是修养需要。

即使你是一个天不怕地不怕的愣大胆，即使你根本不在乎别人的眼光，招惹没身份没地位的人也是危险的，因为他们并不缺少报复心，而且往往报复得非常巧妙。我的一位朋友经常到一家湖北人开的馆子去喝酒，醉意朦胧时，他就拿鼠须黄面的服务生寻开心，一会儿要牙签儿，一会儿要餐巾纸，把茶水倒掉，却说人家没有送水来。服务生稍有怠慢，他就不干不净地骂人家土包子、乡巴佬，说人家只配端盘子。人家看他醉醺醺的样子，又是常客，就忍了。有一天，我的朋友忽然良心发现，真心实意地向服务生道歉，说自己酒后失言、失态，请兄弟原谅。买单时，他还给了服务生一笔小费。服务生被感动了，泪眼巴叉地说："大哥放心，以后我再也不往你的菜里吐唾沫了。"

我的朋友仰天长叹："我连一个服务生都惹不起，还敢招惹谁呀！"

小人物自由自在

　　大人物活在某种光环里，小人物活在日常生活中。我对大人物敬而远之，而喜欢和小人物打成一片。小人物自由自在，自己的日子自己安排；小人物活得真实，喜怒形于色；小人物不说套话，不打官腔，言语鲜活，表情自然；小人物在路边小店喝酒，草草杯盘，昏昏灯火，充满了人间烟火味；小人物看重交情，不懂得锦上添花，却会雪中送炭。因为"小"，他们不会试图笼罩你，于是平起平坐，和平共处。

　　有的人喜欢巴结大人物，那是因为他们有功利的考虑，想借大人物的光环照亮自己。你以为大人物那么容易被利用吗？如果他们真的那么傻，就不会成为大人物了。大人物个个都是人精，他们谈笑风生，但你不知道他们笑的什么，等你醒过闷儿来，黄花菜都凉了。吃亏的总是那些一心想占便宜的人，如果你根本没有占便宜的想法，那你连吃亏的机会都不会有。同样，被大人物"涮"了的，总是那些喜欢仰视的人，你不买他的帐，他就无法对你构成威胁。有些利益只在大人物之间交换和分配，如果你是一个无足轻重的小人物，最好别往跟前凑。兔子可以和羚羊交换长跑经验，但不能和猎豹套近乎，如果它不想成为猎豹的盘中餐的话。

　　人贵有自知之明，认清自己的位置很重要。假如你在单位是一个不起眼儿的小人物，那么，与其低声下气地巴结领导，不如和食堂大师傅搞好关系。领导见多识广，对阿谀奉承早就麻木了，几句好话，几个媚眼，根本无法打动他。也许他当时对你笑，但转脸就把你忘了，所以你别指望从他那里得到什么额外的好处。可是，如果你把这种待遇给了食堂大师傅，情况就不一样了。区区一介伙夫，谁会对他摧眉折腰挤眉弄眼呀？他基本没什么免疫力，肯定会受宠若惊，想方设法回报你。等你再打饭时，土豆烧牛肉就变成了牛肉烧牛肉，你不就多吃多占了吗？大师傅高兴，你也高兴，这就叫"咱老百姓，今儿个真高兴"。需要注意的是，小人物对好脸色或许不太习惯，你得让他慢慢适应，不能一下子搞得太邪乎，免得吓着他。

　　许多人喜欢脱颖而出，出人头地，成为大人物，我却对小人物情有独钟。小人物目标小，不必活在别人的视线里，所以自由随意，我行我素。有一位著作等身的老作家，自称"小人物"，因为他一生中当过的最大的官是共青团小组长。从仕途上讲，他的确是一个小人物。但从文学成就来看，他却是一个不折不扣的大人物。可贵的是，他始终保持着小人物的心态，谦虚和蔼，平易近人。正因为如此，他非常快乐，他的日子里充满阳光。小人物不是毫无作为，而是不论你多有作为，始终保持一颗平常心。凭良知做人，靠劳动吃饭，不曲意逢迎，不投机取巧，对自己该做的事尽力而为，小人物大抵是这样的。

　　大人物在高处，高处不胜寒。小人物在人间，人间有爱是清欢。金钱、地位、官阶与人生的快乐并不是成正比的，一个看上去一无所有的小人物，也许剩下的唯一一样东西就是快乐。我不喜欢仰视别人，也从未想过被人仰视。平视，这是看人的最佳角度。谁比谁傻多少？对别人不屑一顾的人，他的心灵大抵是荒芜的。有时候，仅仅是天时地利人和成就了一个人，并不是你本身多么优秀。如果不是处在一个相对优越的背景下，如果没有特殊的机遇，如果缺少好心人的得力提携，你也是一个小人物。所以对小人物，不要隔着门缝看。往前说几十万年，我们都是从树上下来的，为了找口肉吃，大家得齐心协力对付野兽，没有谁瞧不起谁。进化到今天，怎么反而添毛病啦？

我喜欢大杂院，喜欢农贸市场，喜欢路边灯火昏黄的小酒店，因为那里聚集着小人物。在金碧辉煌的宴会厅，装模作样地端着小半杯葡萄酒，与形形色色的大人物比划来比划去，我感觉很不自在，整个人仿佛空了似的。谢天谢地，千万别再让我到那种地方去。还是找个小酒馆，吃家常菜，喝二锅头吧，我觉得这样更自在。普通一点，朴素一点，真实一点，这是我想要的人生。我给女儿取名为"叶"，也是寄予了这样的希望。花太惹眼，太招摇，还是叶安静、平和。我在家养花，也喜欢绿叶植物，以至女儿笑我不是在养花，而是在养树。叶陪伴着树，犹如平常心陪伴着人生，或许这样的人生才能在炎凉冷暖的岁月里走得远些。

有一种礼物不能拒绝

小街共有十几户人家,最富有的一家与最贫穷的一家刚好相邻。富人比穷人年长五岁,他管穷人叫兄弟,穷人管他叫大哥。

穷人经常到富人家串门、借东西,锤子啊,板凳啊,自行车啊,富人家的许多东西,差不多是两家共用着。孩子感冒发烧,穷人到富人家找药;炒菜突然没盐了,就过去要两勺盐。富人从不嫌麻烦,穷人也不说客套话。富人家的杂活儿,穷人都不声不响地帮着干了。两家人和睦相处,日子过得太平祥和。

富人朋友多,逢年过节,送礼的人不断。礼品堆积得多了,他就送给穷人一些,穷人总是很高兴地接受。端午节的粽子,中秋节的月饼,新年的挂历,春节的花炮,富人家有的,穷人家也有。因为谁也没有把这看作施舍,所以不存在人格上的差异,在一起的时候,他们有说有笑,彼此都很快乐。

有一年,富人为其父做寿,宾客盈门。穷人的妻子对穷人说:"大哥一家是好人,对咱们这么好,咱也送点礼吧。"穷人沉吟着:"送什么呢？"他的妻子说："定做一个蛋糕，咋样？"穷人想了想说："有那钱，不如买一盒点心。"在穷人眼里，点心是再好不过的东西，经常吃点心的人，有福。于是，他去糕点店买了一盒上好的点心。这份礼品，差不多花掉了他家的全部现款。

富人接过穷人手里的点心，面露难色："兄弟，这，这不行啊。"穷人憨态可掬地笑着，说不出一句完整的话。富人说："你的孩子还小，还是拿回去让孩子吃吧。"穷人脸上的笑一下子僵住了，喃喃地说："要是勉强，就算了。"

从此，穷人很少到富人家串门、借东西了。出门遇见，依然叫他大哥，但富人觉得，他们不像以前那样亲近了。难道是因为我拒绝了他的点心吗？可我是善意的啊，富人想。他没有想到的是，由于他们之间的差异，穷人其实非常敏感和脆弱，他的好意经不起拒绝。

做一捆潮湿的柴火

我的一位朋友，才情极高，却恃才傲物。大学毕业后进入职场，多次跳槽，屡不得志。每到一个单位，他都以脾气暴躁闻名。对同事发火，失了人缘儿，群众基础没有了；跟领导耍性子，丢了机会，大好前程被断送了。昔日同窗，不少人已混得有头有脸，而他还是一介草民。

那天，几杯酒下肚，朋友感慨万千。说世道人心，说他的觉悟，一席肺腑之言。

同事相处，平和是最重要的。你可以不对某人好，但一定不能对他不好。一个不好，足以抵消你对他的一千个好。《三国演义》开篇就讲，分久必合，合久必分。天下大势如此，人与人相处也如此。两个人不能走得太近，要有一点距离，若真到了亲密无间的地步，离反目也就不远了。而且，两个亲密无间的人反目，彼此的伤害最深。

同事之间需要的是礼貌和面子，不一定彼此成为朋友。朋友是不讲利益的，但同事讲。利益无时无刻不在调整着同事间的关系，亲疏远近，都可以从利益的得失中找到答案。假如你没有过硬的公关才能，就索性不即不离，不温不火。这种不显山不露水，不惹人注目的态度，是保护自己的最好方式。

　　过去，人与人之间讲究谈心，开诚布公地一谈，心与心就沟通了。但如果现在你还用这种方式处理人际关系，就显得太天真、太幼稚了。如今，可谈的东西很多，惟独心不能谈。人心常常是封闭着的，为避免着凉，只对自己敞开。假如有人声称对你敞开了心扉，你不必当真，如果不是一个骗局的话，那他一定是在故作姿态。不论你们谈得多么投机，最终起作用的仍然是利益。谈完以后，彼此都会在脑海里进行一番去粗取精、去伪存真的加工整理，按照利益原则，保留对自己有用的部分。改变处境不能指望谈心，该面对的麻烦，依然要面对。

　　心不能谈了，人际关系就丧失了免疫力，变得脆弱不堪。"制怒"两个字，就显得格外重要。过去你怒了，谈谈心，人家就原谅了你，不会总是记在心上。可现在没人买你的帐了，你敢对他发怒，他就让你为此付出代价。所以，如果你想保全利益，就不要动辄火冒三丈。你冒出的火，最终只能烧掉你自己。

　　朋友说，跌过几次跟头以后，他悟出了做人的道理。如果说每个人都是一捆柴的话，那么，你要不断给自己泼水，把自己弄湿。因为干柴一点就着，着过了，就成了一堆灰烬。而湿柴是不易被点着的，不燃烧，你仍然是一捆柴。

看上去很美

　　小时候洗脸，只洗面部，耳后和脖子统统省略。所以，看上去脸面光鲜，干干净净，却经不起推敲，稍一细看，耳后和脖子的长期积垢就惨不忍睹地显露出来。母亲把我的这种做法，叫做"驴粪球，表面光。"现在我发觉，像驴粪球一样仅仅表面光鲜的，除了小孩子的脸，还有很多别的。

　　作家龙应台到大学演讲，有人提问："如果被带到一个陌生的国度，如何分辨它是否发达？"龙应台回答："最好来一场倾盆大雨，足足下它三个小时。如果你撑着伞溜达了一阵，发觉裤脚虽湿却不肮脏，交通虽慢却不堵塞，街道虽滑却不积水，这大概就是个先进国家；如果发现积水盈足，店家的茶壶、头梳漂到街心来，小孩在十字路口用锅子捞鱼，这大概就是个发展中国家。"发展中国家的钱都拿去建造高楼大厦了，他们没有心思完善下水道，因为高楼大厦看得见，下水道看不见。看不见的部分，要等一场大雨才能露出庐山真面目。不下雨的日子，高楼林立，城市像驴粪球一样光鲜，看上去很美。

一位农学院教授接受记者采访，在谈到城市绿化问题时，他说，从优化居住环境和以人为本的角度讲，乔木优于灌木，灌木优于野草，野草优于草坪。乔木、灌木、野草进行光合作用和释放氧气的能力都比草坪强得多，而且，这三类植物更容易使人亲近，不妨碍人的行动自由，不像整齐划一的草坪，人们必须绕着它走。植物是为人的居住环境服务的，应该迁就人，而不是人迁就植物。另外，草坪的种植成本高，养护成本更高。所以，我们应该大量种植乔木和灌木，保留野草，少种或不种草坪。可实际情况刚好相反，在我们的城市绿化中，乔木和灌木是点缀性的，野草被连根拔掉，大量种植的是草坪。因为草坪见效快，一夜之间就可以成就大片大片的绿地。绿地有了，地方官的政绩就有了，形象像驴粪球一样光鲜，看上去很美。

一位摄影记者要到一个劳模家里去拍照，劳模得到消息后，穿上了过年才穿的衣服，把压箱底的新被褥也拿了出来。将家里所有的好东西都摆出来后，还觉得不够，又从邻居家借来缝纫机和自行车。其实，他家很穷，穷得两个儿子都没钱成亲。上级本来打算给他一些补助的，但看了照片以后，觉得他已经脱贫，日子过得还不错，就取消了这个计划。据说，劳模知道后追悔莫及，捶胸顿足地说："我怎么这么傻呀！"为什么这么傻呢？因为他是个要面子的人。把好东西往镜头前一摆，面子就像驴粪球一样光鲜，看上去很美。

驴粪球的光鲜与否，其实与它的价值毫无关系。它的价值不是靠外表体现的，而要看放在什么地方，有没有用。放在田地里，庄稼喜欢，不光鲜也有价值，但若放在马路上，再光鲜也是垃圾。所以，看上去美不美并不重要，重要的是找到自己的价值所在。

实话

张大嘴在离家不远的一个小镇上念中学。中学的课程很多,他最喜欢体育课,因为体育好玩;最讨厌历史课,因为历史枯燥。有时,历史老师讲着讲着,他就睡着了。那天,他梦见自己跟着体育老师偷瓜去了。刚把口袋装满,就有人追了上来,体育老师转眼就跑得无影无踪了。他背着沉重的口袋跑不动,最后被逮住了。瓜田主人把他关在一间黑屋子里,他呆着没事,就作起诗来:小河流水哗啦啦,老师带我去偷瓜。老师偷仨我偷俩,老师跑了我被抓。正当他为自己的诗作得意的时候,忽听有人叫他的名字。他抬起头,迷迷糊糊地睁开眼。历史老师说:"张大嘴,你说说,火烧赤壁是怎么回事?"他下意识地觉得,这个问题很严重,比偷瓜严重,可自己没有放火啊。于是,他大声说:"老师,不是我干的。"

因为这句实话,他被罚站半天。

后来,他干脆不上学了,去城里打工。刚好有一家餐厅招服务生,他去报名,二话没说就被录用了。他的工作是端盘子,活儿倒不累,但那些客人招人讨厌，一会儿要茶水，一会儿要餐巾纸，还经常拿他开玩笑。最可恶的是，他们喝起酒来没完没了，都后半夜了，他还下不了班，睡不了觉。他简直恨死这些人了。那天，他们全喝高了，说话颠三倒四，居然奉承起他来，说他服务好，开玩笑也不生气，并保证以后再也不这样做了，还非常慷慨地给了他100元小费。张大嘴被感动了，他真诚地说："你们放心，以后我再也不往你们的饭菜里吐唾沫了。"

因为这句实话，他被老板炒了鱿鱼。

工作丢了，张大嘴还有爱情。在玉泉路一个大院里给教授当保姆的小娟，和他从小青梅竹马。他决定去找小娟，约她出来看场电影，因为他心里很烦。到了大院门口，门房儿把他拦住了，递给他一张表。姓名，性别，年龄……他一项一项往下填。当填到"关系"一栏时，他犹豫了。考虑再三，他填上了四个字：尚未发生。门房儿接过表，表情古怪地看了他半天，没让他进去。

因为说实话，电影没有看成。

但爱情的脚步，门房儿是挡不住的。若干年后，张大嘴终于把小娟娶到了手，还有了儿子。儿子一天天长大，小娟一天天苍老。张大嘴已经不叫她小娟了，而是管她叫老婆。有一天晚上，张大嘴要和老婆亲热，老婆抱怨说："你也是见过世面的人，怎么一点不懂女人的心？成天老婆老婆的，就不能说点我爱听的？"张大嘴说："你爱听什么？提醒我一下。"老婆说："至少称呼得改一下，不能总是叫老婆。可以叫三个字的呀，亲昵一点的，电影里经常叫的那种。"张大嘴想了半天，脱口说出三个字："老太婆。"

因为这句实话，他被老婆踹下了床。

中央电视台有个节目，叫做"实话实说"。张大嘴看了很生气——你们能实话实说，我为什么不能？

车友

在京西教练场练车时，大家不叫名字，只称呼排行，一辆车5个学员，我是老三。教练40开外的样子，是一家建材企业的下岗司机，黑瘦，衣衫不整，说话阴阳怪气，笑起来很吓人。他文化不高，车技却很好，在他看来，开车是世界上最简单的事，不用学就应该会。所以，一进教练场，他就把正驾驶的位置让给了老大。

老大手忙脚乱地启动车子，因为离合抬得太猛，一下憋灭了。教练横眉怒目地看着他，恶狠狠地说："着车。"老大打着火，再次启动。车子咣当咣当抖了几下，又灭了。教练破口大骂。老大的脸由红变白，由白变绿，扶着方向盘的手不停地颤抖，木呆呆地僵在那里，傻了。"下去！"教练大喝一声。老大这才醒过神儿来，慌忙跳下驾驶室，爬上后面的车厢。

那一刻，我忽然想起韩信受胯下之辱的故事，心说，老大了不起，这么好的涵养，是个干大事的人。若是我，早跟教练急了。看外表，我是文弱书生，老大像江湖游侠，可我受不了窝囊气，他能受。

教练见老大逆来顺受，变本加厉地挤兑他。有一回，我们去修理厂修车，完事后，教练让大家上车，吩咐老大去旁边的小卖部给他买烟。可不等老大回来，他就把车开走了。结果，老大一个人在凛冽的寒风中走了一个多小时才到教练场。我嘟囔了一句："太过分了。"教练立马不干了："说谁呢？"我心里突然冒出一股无名火："说你呢。"也许教练没想到我会当着大家的面顶撞他，惊讶地看我半天，慢吞吞地说："你脾气不小啊。"我说："我们花钱来学车，不是来受气的。学不了我们走，你敢和我去见校长吗？"或许自知理亏，他翻了翻眼睛，没有说话。从那天起，我和老大成了好朋友。

练车时，老大总是让着别人，他说："你们管我叫大哥，我就得像个大哥。"大哥倒是像了，可因为练得少，他是5个学员中技术最差的。路考那天，教练犯坏，障碍最多的一段路，他让老大上。我一下子站起来："我上。"说完脱掉大衣就要下车。老大一把拉住我，笑了笑，跳下车去。老天保佑，他竟非常顺利地通过了所有障碍。

那天晚上喝酒时，老大动情地说："你当时的举动，特让我感动。"我说："有件事一直没告诉你，总教练是我哥，所以我心里有数。"

141

乡下客人

朋友有个姨，住在离城不远的乡下。姨有五个儿子，一个女儿，全都成了家。分开后的儿女们，很少去看姨，他们之间似乎存在着某种隔阂。

一场雨夹雪过后，又刮了两天大风，天气骤然冷起来，街道上滴水成冰。姨写来一封信，说一个人在乡下闷得慌，想到城里住些日子。朋友的父亲对他和他的弟弟、妹妹说，你姨这辈子不容易，和儿女们处得又不好，到这里来，你们要好好待她。

姨来的那天，朋友请了半天假，开车去车站接她，并顺路采购了些水果、蔬菜和肉类食品。乡下没有的，都让姨尝尝，六十多岁的人了，也该享享福了。朋友想，如果姨住得惯，就让她长期住下去，和母亲聊聊天，叙叙旧，彼此宽慰；如果住不惯，走时就给她一点钱，不能让她为了几个零用钱犯难。

朋友的妹妹给姨买了两套保暖内衣，说让换洗着穿。朋友的弟弟收拾了两大包旧衣服，有大人的，也有小孩的。说是旧衣，其实都有七八成新。他说，您儿孙满堂，就让他们分着穿吧，您对他们好些，他们也会对您好的，一家人没有解不开的结。

起初，姨还有些拘谨，总说些文不对题的客套话，可没过多久，大家就熟悉了。熟悉以后，姨的眼神复杂了，仿佛隐藏着数不清的心事。一天早晨，姨一边叠被一边说，被子太厚，这房间热，哪盖得着这么厚的被子？不像乡下，屋子又大，又没有暖气。朋友的母亲听出了话外音，就说，走时你带走吧，里外都是新的呢。姨没有说话，转身到厨房准备早餐去了。她一边切着香肠一边说，姐，这刀真快，哪儿买的呀？咱乡下店里卖的刀，死钝死钝的。朋友的母亲说，楼下商场里有的是，走时给你买两把。

晚上，朋友的妹妹请姨和全家人到楼下新开张的餐馆吃饭。结完账，大家起身往外走，朋友的妹妹和姨走在了最后。姨突然说，你刚才使的是什么钱，我没见过那种钱。朋友的妹妹说，是新发行的20元。说着从钱包里拿出一张20元面额的钞票。姨接过钞票，翻来覆去地看了又看，自言自语道，这新钱就是好。然后装进自己口袋里，说，我就留下了，在乡下见不着这钱。朋友的妹妹愣了一下，脸上露出一丝干巴生硬的笑，那笑仿佛是画上去的，比哭还难看。

转眼过了一个多月，姨要回家过年去了。这天，她把朋友叫到一边，语重心长地说，乡下人的日子苦呵，你是老大，给小慧和小军说说，东西我就不要了，一个人坐车不好带，还是给一点钱吧，你爸妈年纪大了，这事别让他们知道。朋友看着姨，半天没说话，他觉得姨突然变得陌生了。

姨走的那天，朋友和他的弟弟、妹妹都有事出门去了，朋友的父亲和母亲把姨送到了长途车站。

红心大战

　　吴常是一家银行的信贷科科长，手下有三个兵：大田、小田和顺子。一提起这三个人，他就嘟嘟囔囔地说，没一个省油的灯。这倒不是因为他们调皮捣蛋，不好好工作，而是因为他们太有想法。有消息说，银行也要竞争上岗了，能者上，庸者下，是骡子是马拉出去遛遛。吴常为此心事重重，半夜三更从梦中惊醒，绕着楼群走了一圈又一圈。如果真搞竞争上岗，那三个人就是三颗定时炸弹，他想。

　　大田是转业军人，在部队是营级军官。虽然入行时间不长，可业务很精。名义上，他是大田的师傅，因为作为最早的返城知青，他已在银行整整工作了三十年。可遇到新业务，他还要问大田，因为大田读书多，知识更新快。更重要的是，大田作风扎实，上进心强，不到三年时间，就拿到了自考金融专业的大专文凭，再过两门，本科就毕业了。可他只有一个内部承认的中专文凭。一看到大田聚精会神读书的样子，他的心里就空落落的，眼皮莫名其妙地跳个不停。

　　小田呢？这个名牌大学毕业生简直聪明透顶，看上去大大咧咧，什么都不在乎，可她心里有数。她干一件事，你几乎看不到过程，你看到的只是结果。最近，小田对英语着了迷，一边准备考级，一边给一家什么公司翻译资料，而且据说，翻译是有偿的。一边挣着外快，一边往外向型人才的路子上走，这让初中没毕业就去插队、看英文如看天书的吴常感到心里很不是滋味。和小田相比，他觉得自己简直是个文盲。像他这样的人，在知识经济时代，随时面临着被淘汰的危险。

顺子是全行一支笔，小有名气的青年作家。每当在报上读到顺子的文章，他就眼花缭乱，鬼使神差地将那张报纸塞到一个不被人注意的角落里。科里各种各样的总结、报告、简报、汇报材料，都是顺子写。也有一些东西是需要科长亲自写的，比如，目标责任制。科长手写完了，再让顺子用电脑打印。起初，顺子一边打印，一边将文稿梳理一遍，改改错别字，调整调整句子。可后来，他发觉自己这样做，纯属自作多情。慢慢地，他学乖了，逐字逐句地照打，只当练习打字。这样，省时省力，又不犯错误，因为他忠实于领导的原作。顺子不犯错误了，就轮到吴常出洋相了，全楼的人都知道，他写得一手狗屁不通的文字，单看某一句话，勉强能懂，可通篇读下来，不知所云。

学历和能力都处于劣势的吴常，却善于说小话，使小动作，运作那些拿不到桌面上的小事情。他总是不失时机地表白自己对岗位的忠诚，说自己没有二心，不像某些人，身在曹营心在汉，随时准备跳槽。别人是一颗红心两种准备，或留或走。他是一颗红心一种准备，为岗位尽忠。

几天后，他制定了一份新的规章制度，并召集全科开会宣布。新制度规定，上班时间不得干与工作无关的事情，否则重罚。但究竟哪些属于与工作无关的事情，制度没有说明。

大田的应试阅读、小田的英文翻译、顺子的文章写作，全都停止了。工作干完后，他们就有一句没一句地闲扯。可就在新制度宣布的当天下午，科长照旧到他们三人的办公室玩电脑游戏（科长的单人办公室没有电脑）。他们这才知道，电脑游戏不属于"与工作无关的事情"。那么，看考试课本与工作有关吗？看英语呢？写文章呢？他们试探着做，都被科长严厉制止了，并声明下不为例。他们就学着科长的样子，也玩电脑游戏。科长认可了。于是，闲下来的时候，他们就轮着玩游戏，而且统统是红心大战。

　　按照惯例，每年新年前夕，机关科室都要组织一些娱乐性比赛。领导说，今年我们搞点新名堂，比赛电脑游戏——红心大战吧。让大家感到惊讶的是，比赛结果，信贷科囊括了全部大奖。

第四辑　每个人都是自己命运的建筑师

　　上帝造人的时候，为了留下记号，在每个人身上都咬了一口。对那些不喜欢或无所谓的人，他挨一下牙齿就过去了，咬得很轻，这些人来到世间，便拥有了健全而健康的身体；另一些人，因为上帝喜欢他们的模样或身上的气味，就咬得格外重，这些人来到世间，都成了残联的成员。你看，被上帝垂青是好事还是坏事呢？

理性的元旦

揭开日历封面，一股清新的气息扑面而来。那一页如梦如幻的粉红色文字，使我想到青春的肤色以及春山上乍放的桃花。元旦，这一天没什么特别，案头的闲书、闲书旁的清茶、茶香里氤氲的静谧与安详，一如既往。只是岁首的联翩思绪里，充盈着对时间的感慨。

如果说时间是一条直线，那么"年"便是这条直线上的线段。线段的左端是元旦，地球从元旦出发，绕太阳运行一周，便是这条线段的长度。在这个定义里，线段弯曲了，因为地球的运行轨道是圆的。

佛家讲轮回，即生命周而复始，也是一个圆。但来世杳渺，我们还是要用心走好今生的路。呱呱落地时，前面的路很长，人生的行囊是空的。我们握紧粉嫩的拳头，一副急不可待要去争天下的样子。此后，随着年龄增长，不论居庙堂之高，还是处江湖之远，时间一段一段移到身后去，后面的路越来越长，前面的路却越来越短了。及至人生的行囊装满，我们的生命也走到了终点。人在离开这个世界的时候，两手是摊开的，什么都不要了，所以叫撒手而去。

为什么年龄越大越喜欢怀旧呢？因为人生是一条单行线，没有回头路可走，记忆里的一切都会成为亲切的怀念。有人问几位作家，假如不写作，你们会成为什么样的人呢？贾平凹说，他会成为画家。韩少功说，他会成为工程师。王安忆说，她会按照母亲茹志鹃的意愿，当个医生。但这只是假设，人生的积木不可能推倒重来。时间用一把叫做"年"的尺子，一段一段丈量你走过的路，所有丈量过的地方，都画着清晰的句号。

过去无法修改，我们只能好好把握现在。走好脚下的每一步，将来的遗憾会少些。事实上，心平气和地活在当下，或许是我们的最佳选择。有人抱怨世风日下，人心不古，他们艳羡历史深处的春秋时代，可春秋时代的孔子也对世道人心不满，他向往周朝。而周朝的伯夷、叔齐心念故国，宁愿饿死在首阳山也不食周粟。他们说，今天下暗，周德衰。究竟什么样的时代才是最好的呢？懂得了"鸟儿愿为一朵云，云儿愿为一只鸟"的道理，你就会知道，当下就是最好的。

一位朋友告诉我，候鸟在繁殖地与越冬地之间飞来飞去，年年如此。它们穿越海洋、沙漠，即使地面没有任何参照物，也不会迷失方向。它们的方向感从何而来呢？原来它们的大脑中有一个生物罗盘，其定位功能十分强大。正确的方向和足够的耐心是获取成功的不二法门，也是通向美好人生的不二法门。那么，滚滚红尘中，我该怎样把握自己的方向呢？

我想，一个人应该拥有属于自己的精神领地，就像莫言的高密东北乡、鲁迅的鲁镇、沈从文的湘西、贾平凹的商州、马尔克斯的马孔多，那是超越了地理概念的故乡，是一个安妥灵魂的地方。塞万提斯一生致力于完善自己的精神世界，安葬时连一块墓碑都没有。但他用一支生花妙笔为自己建立了一座永恒的丰碑——《堂吉诃德》。一个人在无限的时间里行走，无论走多远，都是短暂的。也许长生的方式只有两种，要么写出流传千古的文章，要么做出流传千古的事情。

望着窗外落光了叶子的五角枫，我在元旦的早晨浮想联翩。元旦和春节同是新年，但春节有爆竹、春联、年画、压岁钱、年夜饭，元旦没有。元旦很理性，笔直地站在日历的首页，轻描淡写地提示你，这是起点，出发吧。

火红的春节

假如用一种颜色标识春节,那一定是红。春联是红色的,年画是红色的,灯笼是红色的,地上的鞭炮碎屑是红色的,摩肩接踵的庙会更是充满了红色元素,红当仁不让地占领了这个盛大的节日。

我去采购年货,路过一家小店时,看到满屋都是各种款式的红色衣裳以及五花八门的红色饰物,惟独没有店主人的身影。原来,她一袭红装坐在墙角,与那一片红浑然一体了。当时已是晚餐时分,饥肠辘辘中,她那衣服的颜色使我想到快餐店里烘烤转动的香肠和老北京涮肉馆的羊肉片。

走出小店,我看见一个女孩站在街边打手机,桃红的外套,长筒皮靴,洋溢着蓬勃的青春气息。而守在她旁边的女人应该是她的母亲吧,已经发福的身材裹在红色羽绒服里,那种红犹如火焰最后的燃烧。女人与红色有缘,而红色与春节有缘。

春节的红火,有一个地方表现得淋漓尽致,那就是年前的火车站。来自四面八方的人,又要在春节前回到四面八方去。写字楼里的白领、高校的学子、摆摊的商贩、饭店的服务员、拾荒的人、推销的人、收废品的人、送快递的人，他们在春节前夕，从城市的各个角落奔向火车站，像候鸟迁徙一样搭乘或快或慢的火车回归故里。

所谓乡愁，是中国人血脉里根深蒂固的乡土观念。也许你与家乡的空间距离已经很远，也许你早已远离了家乡的生活场景，也许你与家乡的人和事不再有任何交集，但你的根在那里，你的人生观、世界观、道德价值观无不留有家乡深刻的烙印。所以漂泊在外的人总是千方百计去闯家乡的年关，只有回到家乡，才能找到过年的感觉。爆竹声中一岁除，除去的不仅是旧岁，还有厄运和灾难。大街小巷鞭炮齐鸣，恶鬼山魈在红红的火光中遁形。

火给人们带来光明和吉祥，所以我们的先人崇拜火，将其视为圣物。直到现在，游牧民族依然沿袭着火神崇拜的习俗。他们用木柴或纸张引火，用干牛粪做燃料。如果干牛粪里搀杂了羊粪、狗粪或狼粪，他们会小心翼翼地拣出来，否则便是对火神的亵渎。他们不会往火里泼水，更不会往火里扔脏东西，火要燃到自然熄灭。在辽阔的草原上，火为他们驱逐黑暗，烧好饭食，使他们生生不息。火燃烧的样子宛如一首古老的歌谣，温存着他们的精神世界。

远古的人们燃竹驱鬼，离不开火；宋朝以后，人们用纸筒和火药制成鞭炮，在一声声脆响中庆祝新年，依然离不开火。所谓火红，既是火的颜色，也是春节的颜色。

写到这里，我想起与《白鹿原》有关的一团火。1992年，离春节还有两天的那个下午，陈忠实为《白鹿原》全书画上了句号。然后，他独自往白鹿原上走。走到一个苇子坑边，坐在那里一支接一支地抽烟。夜深人静时，他突然用打火机将干枯的芦苇点着了。熊熊大火燃烧起来，他在那火光映照下号啕大哭。

在西安市东郊灞桥区西蒋村白鹿原下一间不足十平方米的老屋里，

陈忠实一张小圆桌，一个小板凳，啃着烤馍，抽着雪茄，冬天一盆炭火，夏天一盆凉水，历时四年，完成了五十万字的长篇巨制。那是一部渭河平原五十年变迁的宏大史诗，是一幅色彩斑斓又惊心动魄的中国农村历史画卷。然而，创作《白鹿原》的巨大艰辛，又有谁能体会？那团火熄灭后，陈忠实回到冰冷的老屋。第二天，他回了西安，与亲朋好友过了一个无比轻松的春节。从此，心如止水。

夜色阑珊，窗外的鞭炮声停息了。我在灯光下欣赏黄苗子先生的画，简洁的画面上只有一处盆景和一束瓶花，瓶花旁边是两行随意的小字：山家除夕无他事，插了梅花便过年。就想，黄老是一个内心宁静的人，而心有多静，福有多深。几枝红梅，陪伴他度过了九十七岁那年的春节，逍遥而快乐。

冬天是萧索的，而冬天里的春节是火红的。火红的春节后面，是红火的日子，这是我对天下苍生的祝福。

劳动是一件神圣的事情

在方向和目标确定后，剩下的就是工夫。我不相信神奇，只信工夫。所谓神奇，无非是对某件事千百次的重复。重复得足够长久，才会出神入化。从工夫到功夫，是一个量变到质变的过程，这个过程与一个字眼儿密不可分——劳动。劳动创造物质财富和精神财富，从而使世界五彩缤纷。世上的事，没有比劳动更神圣的了。

很多年前，我在鲁西南乡村看一场露天电影，女主人公说的一句话至今记忆犹新——汗水流到嘴里是咸的，流到心里是甜的。说这话时，她正在干打垒工地劳动，挂满汗珠儿的脸上洋溢着幸福的笑意。这个场景深深镌刻在我的脑海里，使我对劳动怀有美好印象。那是一个火红的年代，到处都是热火朝天的劳动场面。作为小学生，我也在课余及假期，从割草、放羊、拾麦穗等劳动中获得了许多快乐。

没有人能够随随便便成功，所有成功者的背后都有大量艰辛的劳动。徐悲鸿在给学生刘勃舒的信中写道：我爱画动物，皆对实物用过极长时间的功。即以马论，速写稿不下千幅，并学过马的解剖，熟悉马之骨架肌肉组织，然后详审其动态及神情，乃有所得。早在巴黎求学期间，徐悲鸿就经常到动物园看马，观察马的习性和动作，并画了大量速写，打下了画马的牢固基础。在印度讲学时，他又游历了长吉岭和克什米尔等出产良马的地方，开阔了视野，增长了见识，形成了自己独特的画法和风格。在确定立意和马的大体形态之后，他迅速画出飞扬的鬃毛和马尾，再根据鬃毛和马尾的动势画马头、马身和马腿，最后画出马蹄，一匹奔驰的骏马便跃然纸上。辛勤劳作及千锤百炼的功夫，使徐悲鸿一步一个脚印地走上了画坛的巅峰，最终成为一代大师。

　　许多事不是因为看到了希望才坚持，而是坚持了才会看到希望。有人问球王贝利哪一场进球最精彩，他说，下一个。这与女作家张洁的回答不谋而合。那年我在首都剧场听她的文学讲座，有人递纸条问她最满意的作品是哪一部，她微笑着说，下一部。只有将已有的成绩清零，才能找到新的目标，开始新的征程，成就更大的辉煌。懒惰的人往往浅尝辄止，他们永远无法领会"无限风光在险峰"的真正含义。

　　有的人貌似勤劳，却走在旁门左道上。当毕飞宇得知网络写手每天写一万字时，笑着说，我一天写六七个小时，也就一千到一千五百字。一天一万字太不正常了，人的能力达不到，只能降低对文字的要求，那是我不能忍受的。我赞同毕飞宇的观点，如果我知道某人每天写一万字，绝对不会去读他的作品，因为我不想到他的文字里去游泳。文学创作是多么崇高的劳动啊，但如果产生的是文字垃圾，便亵渎了文学。我钦佩毕飞宇对纯文学的坚守，一天写一千到一千五百字，精雕细刻，是对文学的敬畏，也是对读者的尊重。所以，他两获鲁迅文学奖，并获得第四届英仕曼亚洲文学奖和第八届茅盾文学奖，当之无愧。

　　劳动是劳动者一生的功课，真正勤劳的人心态平和、光明磊落、慈悲而睿智。古时候有个叫百丈的禅宗大师，他喜欢与门人一起除草、扫地、砍柴、劈柴，直到八十高龄，仍然坚持每天劳动。门人看他年纪大了，劝他休息，但他依然我行我素。门人无奈，便把他的劳动工具藏了起来。这一天，大师没有劳动，也没有吃饭。一连三天，天天如此。门人以为他生气了，便把工具还给了他。第四天，大师开始劳动，也开始吃饭。当晚，他给门人讲禅时说，一日不做，一日不食。

  禅宗大师的话，使我想到很多年前的一次文学讲座。那天，浩然动情地说，我为什么拼了老命写《苍生》？因为有人说我除了高大全，除了阶级斗争，就不会写作。如果不拿出这部《苍生》，我就破产了。这话听起来像是赌气，其实他的观点是：写作是作家的生活方式，作品是作家的存在方式。不论一个作家曾经多么辉煌，只要没有新作品问世，他就不再是作家了。浩然对待写作的态度，一如禅宗大师对待劳动。

  劳动是一件神圣的事情，不如意的日子在劳动中过去，想要的生活在劳动中到来。

袜子的穿法

一位白领朋友，很好的家境，人也标致，却总是一副慵懒散漫、百无聊赖的样子。工作忙时，她嫌烦；闲下来了，又觉得没劲。她打发时光的方式，是找别人闲聊，聊她的两只狗、她的口红、她的背带裙、她的手提包、她小时候的种种趣事、她家邻居的种种讨厌、她老公的种种恶习、她婆婆的不通情理。因为说来说去总是那些内容，她的听众越来越少，只要她一坐过来，人家就借故走开。于是，她又感叹人心无常。

一天，她去逛街，一下买了十双袜子。我说："商店里袜子有的是，用不着抢购。"她神情古怪地看我一眼："穿脏一双，往洗衣机里扔一双，攒到一块儿洗，节省时间。"我说："十双袜子同时穿，有点浪费吧？"她想了想，用一种哲学家的口吻对我说："十双同时穿，跟穿坏一双再换一双，磨损的速度是一样的。我的十双全穿坏了，你的第十双也该坏了。"

也许她说得有道理，但我不赞成这种穿法。十双袜子一起穿，洗过一次以后，就全是旧的了。而一双一双地穿，每换一双，都是崭新的。

前者是在短时间内把新鲜感集中消费掉，而后者则是分次消费这种能给人带来愉悦的新鲜感。两种穿法，也许消费的金钱是相同的，但感觉不同。前者保存着希望，而后者只剩下了回忆。

　　许多事，道理是一样的。假如你以积极的态度，认真做好了眼前的每一件事，你的人生就会在日积月累中渐渐丰厚起来。但如果你对所有的事情浅尝辄止，半途而废，那你不仅最终一事无成，还会失去对生活的追求和向往，使每一个日子都失去新鲜感，就象守着一堆旧袜子。很久以前看过一场电影，有一句台词至今记忆犹新，叫作"明天的太阳和今天不一样。"这是对未来满怀信心的向往。有了这种向往，人才能振奋，生活才有奔头。

　　假如把一个星期的工作日和休息日比作两双袜子，那么，我会在工作日里忘我工作，这是先穿一双袜子，然后在休息日里尽情休息，这是换上了另一双袜子。我不赞成工作时想着休息，休息时又惦记着工作，这种把两双袜子混着穿的做法，只能使工作失去效率，休息失去情趣。

　　几乎每天下班前，白领朋友都给他的老公打电话，询问晚餐吃什么。因为她对许多食物都没有兴趣，总是觉得"没的吃"。一个厌食的人，无法享受吃饭的乐趣；一个厌世的人，很难得到生活的快乐。快乐的日子，常常和某种愿望连接在一起。也许不一定富有，但要给明天留下一点想头，比如，一双自己喜欢的新袜子。

人生坐标

千年一叹

数学王子高斯在 19 岁那年，只花了一个晚上的时间，就用圆规和一把没有刻度的直尺做出了正 17 边形。而在他之前，阿基米德没有做出来，牛顿也没有做出来，这道难题已经在数学界搁置了两千多年。

当我看到这个故事的时候，除了惊叹高斯的绝顶聪明，内心里更多的是对时空的感叹。

两千年，对于无限的时空来说，是短暂的；但对一个人来说，简直太漫长了，甚至漫长得毫无意义。如果不是高斯破解了这一数学悬案，谁会关心悬案后面那遥远的时光呢？高斯的一个晚上，激活了过去的两千年，而它的意义，仅在于从一个方面论证了高斯那一个晚上的价值。至于那段时光里发生的其他事情，全都飘如风中的尘埃。

有个成语叫杞人忧天，我们不一定像那个杞国人一样担心天塌地陷，但也"常怀千岁忧"。人生的许多烦恼，正是我们无端忧出来的。天下本无事，庸人自扰之。我们居住的这个星球已经存在了50亿年，还将继续存在50亿年。50亿年，只是一个天文概念，对一个活生生的人来说，我看不出它有什么意义。

一位朋友告诉我，每当遇到烦恼时，他就一个人去天文馆。面对浩瀚的宇宙，他感到自己的渺小。在无边无际的时空里，他觉得自己连一粒尘埃都算不上。于是，一切烦恼都变得微不足道了。剩下的，是对生命和时光的珍爱。

时空是永恒的，而生命是一种偶然。也许对我们来说，善待生命才是最重要的。属于一个人的时间只有几十年，过好了这几十年，你就功德圆满。

一只哲学主义的羊

一只羊在深秋的原野上迷失了方向，走了一天一夜也没有找到回家的路。远处的地平线和眼前光秃秃的土地让它感到绝望，它已经很累很累了，再加上饥饿和寒冷，随时都可能倒下去。要是能有一小片青草和一点干净的水该有多好啊，它想。这些平时微不足道的东西，此刻却可以拯救它的性命。

就在羊快要支撑不住的时候，终于在一个土坡后面的洼地里找到了几簇青草，还有一小汪没有蒸发掉的雨水。望着微风中轻轻摇曳的青草和草叶上晶莹的露珠，羊兴奋极了。但它没有马上享受眼前的美味，而是站在青草前闻了又闻，看了又看，像个哲学家似的思考着：这里为什么会出现几簇青草？这草有没有毒？这么好的青草为什么没有被其它动物吃掉？经过一番否定之否定，它得出了结论：这草可以用来充饥。然而，当它张开嘴巴准备吃掉这些青草的时候，新的问题又在脑海里浮现出来：既然是上等的好草，那么，该从哪里下嘴呢？先吃哪一簇更合理呢？

就这样，羊在长时间的犹豫和选择中，饿死在青草旁边。

很多人的失败，不是因为缺少机遇，而是在反反复复、没完没了的取舍选择中错过了机遇。有位帅哥儿爱上了一个姑娘，她那秋水一样清澈、明亮的眼睛，花瓣儿似的嘴唇，魔鬼身材，白皙的皮肤，让帅哥儿心向往之。但姑娘的一头短发叫帅哥儿沮丧，因为他喜欢女孩长发披肩的样子，并且固执地认为，只有那样的姑娘才温柔可人，而姑娘却偏爱短发，声言今生今世不会改变发式。就这样，帅哥儿在一种遗憾、矛盾的心理状态下开始了约会。他要传递的信息其实很简单，只有三个字：我爱你。但第一次约会，他只说"我"，姑娘对他的独家演说没有兴趣；第二次约会，他说"爱"，姑娘搞不懂他究竟爱谁；他准备在第三次约会时说"你"，但他已经没有第三次了。

帅哥儿的失恋，让我想起那只哲学主义的羊。

人生坐标

在我读过的童话书中，郑渊洁的《皮皮鲁和鲁西西》是印象最深的一部，书中有一句话至今记忆犹新：没有贪婪和欲望人类就无法进步，有了贪婪和欲望人类就无法幸福。以前似懂非懂，现在我把这句话理解为：人类的进步是以牺牲幸福为代价的。

个人也是如此。知足固然容易快乐，但那是在平地上行走，无法使我们在世俗的意义上到达生活的高处；上进是登高，可以提升自己，但吃力、劳累会把快乐淹没。我的一位朋友，在一家工厂烧锅炉，他说："只要我每天能让大家喝上开水，就万事大吉。"然后，他就沉醉于古典诗词，"采菊东篱下，悠然见南山。"五年过去了，他是老样子。八年过去了，他依然是老样子。他的人生就这样四平八稳地在原地兜圈子，几乎没有什么改变，但他快乐。另一位朋友刚好相反，虽然也是从最底层做起，却日新月异，每回见到他，我都能感觉到一种新的气象。如今，他已从一个普普通通的网络写手，成长为电视台编导。但他永不满足，永远忙碌。我感觉不到他的快乐，也许他根本没有时间快乐。为了更高的职位，更丰厚的薪水，更加出类拔萃，他不停地设计、奔波、上下求索，并且在奋斗中患得患失。朋友们聚在一起时，他们两人形成鲜明的对比。

　　究竟哪一种人生更好些呢？如果进步和幸福能够兼得，当然最好，但现在我们必须做单项选择。也许这不是一道高明的试题，因为没有人能够给出标准答案。每个人的天赋、秉性、生活背景、对命运的认识和把握程度不同，人生轨迹自然各异。没有哪一种人生绝对好，也没有哪一种人生绝对不好。我的看法是，年轻时做战士，像第二位朋友那样，带着梦想与热情去冲锋陷阵。不一定回回都赢，只要悲壮地战斗过，即使失败了，也会留下一股豪气。然后，找一处有清风明月的地方去疗伤，让心淡泊，就像第一位朋友那样。

　　很久不读郑渊洁的童话了，但曾经读到的那两句话，使我在哲思中找到了自己的人生坐标。我能够看到近处和远处的东西了，因为我的心头亮着。

无债一身轻

有两件事我最不喜欢做，一是向别人借钱，二是把钱借给别人。

我的生活自给自足，一般用不着向别人借钱。那些只有借钱才能办的事，我宁愿放弃。我这人口拙，脸皮又薄，遇到借钱的事张不开口。有时脸憋得通红，满头热汗，话到嘴边又咽了回去。就想，天下最难的事莫过于向人借钱了。别人的态度和能不能借到钱先搁一边，仅仅表达出这个意思，就需要非凡的勇气。所以，为了不让自己受罪，我总是尽量避免借贷。假如迫不得已借了钱，我就背上了一个包袱，日复一日里忐忑不安。直到把钱还清，心里才干净。一个人手头宽裕的途径有两个，一是开源，二是节流。借贷是开源的一种方式，但只适合于心理素质过硬的人。我只能实实在在挣钱，挣多少花多少，如果不够，就在节流上做文章。读读佛书，清心寡欲，钱就差不多够用了。生活是一个杠杆，欲望多一点，金钱就少一点；欲望少一点，金钱就多一点。拥有很少但需求更少的人，比拥有很多但需求更多的人富有。有人问德国哲学家叔本华："你怎么那么在乎金钱？"这位在著作中时常强调"人生是悲剧"

163

的哲学家回答说:"因为我没有赚钱的本事,所以在用钱方面格外谨慎。"我赞成叔本华的做法,没本事多挣,就少花一点。有多少钱办多少事,有什么样的收成就过什么样的日子,也许看上去不时尚、不风光、不体面,但是,无债一身轻。

我不向别人借钱,也反感别人向我借钱。本杰明·富兰克林说:"借钱给一个敌人,你会赢得他;借钱给一个朋友,你会失去他。"朋友间的借贷,往往像肉包子打狗,有去无回。没有借贷关系的时候,大家喝酒聊天,彼此快活。一旦债权债务关系建立,立马变得生分。原先一个电话就能叫出来喝酒,现在打八个电话都坐不到一起。如果到了约定的还款日期还没有还款,你就更难见到他的人影儿。当初把钱借给他,本想将关系走得更近些,不料反而疏远了。他像躲避瘟疫一样躲着你,那情形,仿佛要用这笔钱将彼此的交情买断。假如当初不把钱借给他,也许他会生气,但还不至于恩断情绝。心一软借了,到头来人财两空。我辛辛苦苦挣的钱,不想这样不明不白地失去,我更不想在失去金钱的同时又失去朋友。所以,如果你还把我当朋友,就不要轻易向我借钱。如果你已经不把我当朋友了,只是想最后揩一点油,那就更不要向我借钱,因为我不是一个有油水的人。据说,钱钟书先生对待借贷者的做法是,将他要借的数目减去一半,然后把钱给他,告诉他,这钱不用还了。这样做的好处是,钱一旦出手,就不再牵肠挂肚地惦记着,从而避免了操心劳神之苦。我有时恶毒地想,看谁不顺眼就向他借钱,然后假装忘记,他一定寝食不安。所以当有人向我借钱时,我的第一反应就是,我是不是得罪他了?

债务使人身重,债权使人心重。既无债务,又无债权,一身轻松。

先抢到机会再说

金融知识竞赛，甲乙两队进入决赛。20道题，全部抢答。甲队成竹在胸，因为他们来自银行，并且做了充分准备；乙队没有一点获胜的把握，因为他们来自房地产公司，对金融比较陌生，准备得也不够好。观众窃窃私语，认为冠军非甲队莫属。

然而，接下来，意想不到的事发生了。几乎每回开始抢答后，都是乙队的抢答器先响。当然，他们回答得非常勉强，有的问题甚至根本回答不上来。但是，他们得到了回答问题的机会。如果那些问题让甲队回答，也许他们会答得滴水不漏，完美无缺。但遗憾的是，他们没有得到这样的机会。不知是抢答器出了问题，还是甲队反应不够快，总之，他们没有抢到机会。最后，冠军被乙队得了去。对这个结局，大家都感到意外。

生活中，这种出人意料的事并不鲜见。我的一个朋友，大学毕业后无所事事，喝酒打牌，一晃就是三年。第三年秋天，他偶尔看到一则广告，一家大型超市招聘部门经理。优厚的待遇让他跃跃欲试，但他学的是中文专业，对商业零售业一无所知。"一张白纸没有负担，可以写最新最美的文字，可以画最新最美的图画。"他对我说起这件事时，用伟人的话自我解嘲。

第二天，他就去应聘了。在众多竞争对手中，他表现得洒脱而干练，让负责招聘的副总耳目一新。他没有专业知识和从业经验，却有机智灵活的头脑和敏锐的分析判断能力。别人滔滔不绝的回答仿佛画了一条龙，而他的三言两语却是点睛之笔。副总高兴了，带他到门市和货场实地考察，让他谈看法。令副总惊讶的是，他的看法竟然那样新颖独到，头头是道，连副总本人都暗暗佩服。

"其实，我很心虚，手心直冒汗，因为我毕竟是外行。"事后说起来，朋友仍心有余悸。然而，他成功了，因为他把握住了机会。当上那家大型超市的部门经理后，他处处留心，刻苦自学，付出了巨大的艰辛和努力。一年后，他成了响当当的内行。三年后，他晋升为副总。现在，他已是那家大型超市的总经理。

很多时候，我们不一定准备好了再去竞争。也许等你准备好了，机会已经错过了。而一旦没有了机会，你准备得再好，实力再强，也无济于事了。抢到机会，然后迅速为自己充电，也许是一种明智的选择。

每个人都是自己命运的建筑师

有一个青年,由于性格内向,很少与人交往,更不懂得人际周旋与应酬,尽管他有一颗真诚而仁爱的心。慢慢地,他变得越来越孤僻、自卑、落落寡合、精神抑郁。他觉得别人看自己的眼光是异样的,甚至觉得自己活在这个世界上是多余的。

一位老教授辗转知道他的想法后,在自己的家里接待了他。教授说,得不到别人的青睐,未必是一件坏事。青年疑惑地望着老教授,不知道他的葫芦里卖的什么药。

教授想了想,给他讲了一个神话故事。上帝造人的时候,为了留下记号,在每个人身上都咬了一口。对那些不喜欢或无所谓的人,他挨一下牙齿就过去了,咬得很轻,这些人来到世间,便拥有了健全而健康的身体;另一些人,因为上帝喜欢他们的模样或身上的气味,就咬得格外重,这些人来到世间,都成了残联的成员。你看,被上帝垂青是好事还是坏事呢?

青年似懂非懂。教授说,不被上帝喜欢的人,反而得到了健康的身体。同样，离开了别人的眼光，你可以活得更舒展，更自由。我养过一盆兰花，因为过于喜爱，过于在意，施肥、浇水，关心得无微不至。结果，它不仅没有更茂盛，反而一点点枯萎。后来，我把它放在了楼道里，只偶尔浇一点水，准备过些日子扔掉，不料，它却越活越精神。我的意思是，别人的关爱不一定成全你的幸福，别人的冷漠也不一定妨碍你成为一道独特的风景。不要太在意别人的态度，关键是你以怎样的态度活着。

然而，对别人的欣赏和掌声，对别人艳羡的目光，青年在心底充满渴望。教授说，那要看你最终成为一个什么样的人。接着，他给青年讲了一个美国人的故事。那是一个被上帝喜欢的美国人，不满三岁就患上了猩红热。18岁那年，他又得了一种无法确诊的怪病，以至神父为他举行了临终涂油礼。二战时，他在海军服役，在一次战斗中，他所在的舰艇被敌人击沉。他凭着惊人的勇气和毅力游到了附近的荒岛，却为此脊髓受损，随时可能瘫痪。几年后，他又在伦敦染上了不可治愈的阿狄森氏综合症。出行时，他总是随身携带一个黑匣子，里面装着疾病突然发作时挽救生命的药物。

对于他，上帝实在是咬得太重了。然而，他并没有在苦难中沉沦，而是顽强地与死神赛跑，并且一步步走向辉煌。在因病卧床期间，他阅读了大量历史和军事著作，成为哈佛大学和斯坦福大学的高才生。在助手的帮助下，他创作了《勇敢者》一书，并且凭借该书问鼎了1957年的普利策奖。同时，他还是一位著名的社会活动家，连续三届竞选上了国会议员。43岁那年，他力挫竞争对手，成为美国历史上最年轻的总统。他就是美国第35任总统肯尼迪。

上帝给了他一个病痛的身体，他却拥有了一颗芳香的心灵和一个丰富而博大的精神世界。用肯尼迪的话说，没有不可战胜的缺陷，每个人都是自己命运的建筑师。

青年被肯尼迪的故事感动着,脸颊绯红。他想,与肯尼迪的缺陷相比,自己的性格缺陷是微不足道的。一个疾病缠身的人都能以积极的态度面对人生,作为一个健康人,还有什么话可说呢?他觉得自己前面的路很宽阔,完全可以走出一种好的人生。

一把牌的命运

　　寂寞的旅途中,我和几个旅伴打扑克牌。上一把牌太散,我输了。输家要进贡,我把唯一的一张大牌贡了出去。心想,这回又完了,这样下去,恐怕永远也翻不过身来。可就在这时,奇迹出现了——对方还给我一张红桃10,显然,这是一张他不需要的牌,可我刚好需要。我出牌,从3到K一把甩出去,没人管得起。接着,我将仅剩的一对5出手,居然一下子赢了,而且赢得干净利落。

　　真是太幸运了。吃我贡的那家伙连红桃10都不要了,这把牌一定十分了得。如果打消耗战,我必死无疑。命运的转机就这样出人意料,占据绝对优势的人不一定成为最后的赢家,而一时处于劣势的人也不一定最终败北。有时候,别人舍弃的东西,或许正是你的救命稻草。抓住它,你就能登上成功的彼岸。所以,当你身处逆境的时候,没必要悲观和沮丧。一无所有怎么啦?没有金钱、权力、地位和荣誉,也就没有相应的包袱。"一张白纸,可以写最新最美的文字,可以画最新最美的图画。"一切都可以从头开始,因为作为上一把牌的输家,你拥有了一项至关重要的权力——优先出牌权。

　　二战期间，美国有一个小镇的征兵工作进展缓慢，因为许多年轻人对伤亡充满了恐惧。不久，征兵站贴出一张海报：参军有两种可能，不上前线或上前线；不上前线不要紧，上前线有两种可能，不负伤或负伤；不负伤不要紧，负伤有两种情况，负轻伤或负重伤；负轻伤不要紧，负重伤有两种结果，痊愈或者伤重不治；痊愈不要紧，伤重不治的结果只有一种，就是死亡。既然已经死亡，还有什么好恐惧的呢？小镇上的年轻人被海报的推理所折服，打消了顾虑，纷纷报名参军。

　　现在，我们来套用一下这个推理模式。人生一副牌，抓到手里的牌有两种可能，好牌或者坏牌；好牌不要紧，抓到坏牌后有两种选择，干脆认输或者努力拼一把；认输就算了，拼一把有两种结果，仍然是输或者意外赢了。既然有"输"做底线，你还怕什么呢？

最初的差距

白菜的吃法

一棵白菜到手，吃法各异，不同的吃法蕴含着不同的人生况味和生存哲学。

一层一层地剥开，先吃外层，后吃里层，这是理想主义的吃法。这种人不显山露水，但心存向往。他们每吃一层都是所剩白菜里最坏的，但他们并不悲观，因为后面会越来越好。信念和希望支撑着他们的日子，即使阴雨连绵，也能看到远处的风景。"用美丽的雪花写下：相信未来；在凄凉的大地上写下：相信未来；用孩子的笔体写下：相信未来……相信不屈不挠的努力，相信战胜死亡的年轻，相信未来、热爱生命"。

假如先吃里层，后吃外层，就是享乐主义了。因为人生无常，他们及时行乐。"明朝给我千钟粟，不如即刻一杯酒"，他们看重眼前的快乐，只要开心，不在乎将来。代表人物是那些高档写字楼里的都市新贫族，他们收入可观，却几乎没有存款，因为他们的生活准则是身后不留钱。

拦腰一刀，先吃菜叶，后吃菜帮，这是浪漫主义的吃法。好白菜啊，这么多好吃的叶子。其实，帮子也不少，但忽略不计。等到吃菜帮的时候，他们就醋溜，醋溜的菜帮比菜叶好吃。"燕山雪花大如席，片片吹落轩辕台"，好一派北国风光。至于暴雪成灾，天寒地冻，则不予考虑。这样的浪漫情怀，使人生变得飘逸。当你无法改变环境时，试着改变自己吧，给心灵放一次长假，长到足以忘记烦恼。然后，走过彩虹桥，去寻找快乐老家。

假如先吃菜帮，后吃菜叶，就是现实主义了。他们知道有些东西是躲不过去的，所以干脆迎上去。先吃掉菜帮，然后用菜叶慰劳自己。就像小孩吃药，皱着眉头咽下去以后，可以得到一块糖。

从菜根到菜头一分为二，吃完一半，再吃另一半。这是一种超现实主义的吃法，因为菜帮和菜叶混杂在一起，口感和味道的差别没有了。就像生活中的一类人，挣钱不多也不少，日子不好也不坏，说话和气，走路小心，乐天知命，波澜不惊。做人做到这个份儿上，什么都不用说了。

最初的差距

同学聚会，大家风尘仆仆地从各地赶来，班主任也来了。只有三个人没到，两个出国定居，一个锒铛入狱。大家先是寒暄，说轻飘飘的趣话。酒酣耳热后，话题渐渐深入，也渐渐沉重。有权有钱的，开始露出峥嵘面目；一事无成的，低眉顺目，眼光游移。十年过去了，昔日的同窗，如今已有了明显的差距，有人上升，有人沉沦，有人停留在原地。

这种差距是怎样形成的呢？有人说，因为自己没机会。有人说，因为自己不努力。还有人说，因为自己不聪明。班主任笑笑，这些不是主要原因。十年形成的差距固然很大，但最初的差距，只在一念之间。

接着，他给大家讲了一个他小时候听来的故事。在一座偏远的小镇上，有一个闻名遐迩的木匠。木匠手艺很好，却脾气古怪。他收过很多徒弟，最后只剩下两个。两个徒弟学艺八年，几乎所有的木器都能够打造了。有一天，木匠把两个徒弟叫到跟前，淡淡地说，你们可以出徒了。然后，他发给每人一把斧子和一根绳子，让他们到不远处的山上去。木匠没有说明斧子和绳子的用途，让他们自己去想。小徒弟想，斧子是用来砍柴的呀，而绳子刚好用来捆柴。于是，他砍了一堆柴，然后用绳子捆好，背着下山去了。大徒弟呢？他把斧子当作了杀人凶器，将一个看不顺眼的樵夫杀死了。然后，他又怕又悔，走投无路中想到了那根绳子，便找到一棵歪脖树，自缢身亡。

故事讲完了，大家面面相觑。班主任说，离开师傅时，两个徒弟手上的东西是一样的，但他们将同样的东西派上了不同的用场，所以结局完全不同。你们离开学校时，手上也有两样相同的东西，一是专业知识，二是大学文凭，但因为对生活道路的选择不同，各自有了不同的人生。而所有的不同，都是从最初的一念之差开始的。

这时，有人慨叹，有人庆幸，有人默不作声……

清晨秋雨中

早晨，我坐小巴去上班。天空下着雨，2004年的第一场秋雨。

车厢里很安静，耳边是刀郎那富有磁性的歌声。"2002年的第一场雪，比以往时候来得更晚一些。停靠在八楼的二路汽车，带走了最后一片飘落的黄叶。2002年的第一场雪，是留在乌鲁木齐难舍的情结。你像一只飞来飞去的蝴蝶，在白雪飘飞的季节里摇曳。"鲁迅说过，雪是死掉的雨，是雨的精魂。刀郎的雨死掉了，这个城市的雨还在飘，有点凄清，有点寂寥。

秋雨和春雨不同，和盛夏的雷雨也不同，因为岁月在雨中一点点冷了。世界变得安静，灵魂变得安详，这时候，可以从容不迫地思想。看到那场迟到的雪，还有雪以外的许多东西。"你在桥上看风景，看风景的人在楼上看你。明月装饰了你的窗子，你装饰了别人的梦。"现在，那场伤感的雪装饰着所有的浪漫情怀，不论是遥远的乌鲁木齐，还是秋雨中的北京。

刀郎的歌声有一种金属的质感，让人联想到书法中的枯笔。他的歌可以听 CD 或磁带，可以看 MTV，但不宜看现场演唱。前者让人体会到一种辽远、苍凉、辛酸的况味；而后者，眩目的色彩，迷离的灯光，着意渲染的氛围，只会让人躁动不安。与《心太软》不同，《2002年的第一场雪》更像是一个硬汉满腹沧桑的诉说。随着歌声远远而来的是旷野的罡风，我们的骨骼在风中变得结实了。

如果小巴就这样走下去，走下去，穿过了秋雨，越过了地平线，那该是一个陌生而野性的远方。那里的天空和大地都是干净的，那是世上最后的香格里拉。然而，八角西街到了，我该下车了。

再富不能富孩子

美国前总统布什上台后，曾宣布一项大幅减税计划，其中之一是取消联邦遗产税。照理说，这项给美国富有阶层带来巨大实惠的计划，应该受到富翁们的拥护。然而，富豪们并不领情，他们联名上书议会，请求保留遗产税。理由之一是，没有了遗产税，他们的后代将成为世袭的富人，从而不思进取，无所作为。他们宁可将钱通过税收的形式上缴国家，为公共福利事业尽一份力，而不愿让手中的巨额财富代替后代的努力。

于是感慨万千，一面惊叹于美国富人的眼光，一面为我们某些富人的行为汗颜。有些先富起来的同胞，热衷于偷税逃税，然后再用逃掉的税款去吸毒、包二奶，或者去歌厅、酒楼挥金如土，醉生梦死。不近酒色的有钱人，也往往费尽心机地躲闪着税收，他们宁可将钱财留给儿孙。世界上没有哪一个国家的父母比中国的父母更疼爱孩子，可疼爱一旦变成溺爱，对孩子成才有百害而无一利。

"前人栽树，后人乘凉。"但前人栽的树一大，后人就往往只顾乘凉，不再栽树了。那么，后人的后人，后人后人的后人，又到哪里去乘凉呢？

厉以宁教授到某地考察，看到街上脏兮兮的店铺大都挂着百年老店的招牌，不禁大为感慨。百年老店，几代承袭，就搞成这个样子，有什么值得炫耀的呢？肯德基也是百年老店，人家已经走向了世界。在当地，店铺是富有的象征，假如没有父辈的遗产，为了出人头地，或许儿孙们会一心一意去奋斗，在奋斗中磨练才智，最终成就一番事业。但继承一个店铺后，衣食无忧了，也就画地为牢，无心再去开拓奋斗了。

"豪门出败子"，有些纨绔子弟在继承了祖传或父辈留下的巨额财产后，成了金钱的寄生虫，花天酒地，浑浑噩噩，最终断送了前辈开创的美好前程。英国百万富翁布兰德福侯爵的全部遗产，被他的儿子小罗伯特·唐尼花在了吸毒上，因吸毒而两次入狱。

一个有眼光的富豪会对社会慷慨，对子女吝啬。比尔·盖茨的个人财产高达1万亿美元，而他将两个孩子的遗产继承金额严格限制在1亿美元，仅为万分之一，其余的全部捐赠给慈善机构和社会福利事业。他说："我不会给我的继承人留下很多钱，因为我认为这对他们没有好处。"沃伦·巴菲特也表示，只将一小部分财富留给子女，作为他们从事某项事业的启动资金。富豪们不想给后代留下一个现成的世界，他们希望后代自己去打天下，可谓用心良苦。

郑板桥说过一句耐人寻味的话，儿孙若似我，留钱做什么？儿孙不似我，留钱做什么？后代若像前辈一样贤能，自然会有所成就，无须留钱；后代若无前辈的贤能，留钱只会招灾惹祸。"可怜天下父母心"，为父母者，仅有"心"是不够的，还要有眼光和智慧。这样，才有可能看到子女成龙成凤。

令人欣慰的是，我们有一个双向的希望工程，既要让没钱的孩子上学，又要让有钱的孩子吃一些苦。我赞成这样的口号，叫做再穷不能穷教育，再富不能富孩子。

第五辑　人在山岗，风在林梢

　　翻过一座山岗，又翻过一座山岗，一棵枯树突兀在我的眼前。它看上去高大粗壮，却没有一点生命的迹象。在它的脚下，碧绿的紫穗槐摇曳生姿，淡紫色、粉红色和月白色的牵牛花水灵灵地开着；在它的头顶，天空一片蔚蓝，犹如经过净化的灵魂的颜色。毫无疑问，这是一棵有故事的树。也许能够读懂这个故事的，只有风。

窑神的地盘

初冬的早晨,我在黑河沟沿岸游走。干涸的黑河沟裸露着坑坑洼洼的沟底,在明媚的阳光下显得有些丑陋。低洼处残存的几汪积水在荒草间闪着凛冽的亮光,仿佛在守望一个年代久远的梦。

黑河沟原本有一个优美的名字——玉河,但玉河流经圈门后,河水因洗煤而变黑。这件事可以追溯到辽代以前,那时的圈门地区就有了古老的采煤业。元代以后,随着京城采暖用煤需求的增加,圈门地区的采煤业日益发达起来,而玉河水从此失去了清澈的容颜。

玉河以奉献的姿态,淘洗出了京西优质无烟煤。著名旅行家马可·波罗与元世祖忽必烈在大都会见时,用于取暖的燃料就是这种煤。后来,马可·波罗在他的游记中写道:"这里有一种黑色的石头可以燃烧,其火焰比木炭更大更旺。"其实,那火焰除了更大更旺,还更持久。因为这种无烟煤质地坚硬,很耐燃烧。

采煤业的发展壮大,使煤炭成了圈门人赖以生存的物质基础。然而,简陋的采掘工具及原始的生产方式时刻威胁着窑工们的生命。当他们蜷缩在低矮黑暗的巷道内，镐刨肩拉，将一筐筐煤炭送往地上时，谁也不知道那一天是不是自己的末日。为了能够活着走出去，他们需要一种精神寄托，需要神灵的护佑。于是，窑神诞生了。当然，这也契合了窑主们少出事多出煤的愿望。正是在窑主祈求财富、窑工祈求平安中，窑神崇拜成了京西门头沟地区一种独特的文化现象。门头沟是北京唯一拥有窑神庙的地方，而圈门的窑神庙尤其具有代表性，其庙内供奉的窑神黑脸、美髯、头戴官帽、身穿黄袍，一副皇家文官形象，据说是门头沟地区级别最高的窑神。当我游走在窑神庙公园时，地上摇曳着古槐斑驳的树影，宛如历史深处的某种记忆。

农历腊月十七是人们祭拜窑神的日子，这是门头沟地区特有的节日。一位老人告诉我，那一天简直比过年还热闹。不论是呼啸的北风，还是漫天飞雪，都无法阻挡人们对窑神的虔诚。家家户户张灯结彩，一阵阵震耳欲聋的鞭炮声响彻山谷。所有煤窑的窑台都贴上了窑神像，神像两旁的对联上写着"乌金墨玉、石火观恒"等吉祥的话语。窑门口的八仙桌上，燃着香烛，摆着供品。就连平日里严厉吝啬的窑主，也会在那一天好酒好肉地请窑工们开怀畅饮。如今，在门头沟众多古老的窑神庙中，保存下来的只有圈门窑神庙及其南侧高大壮观的大戏楼。遥想当年，祭祀窑神期间，大戏楼连唱三天大戏，何等红火。那情景，刚好印证了戏楼黑漆匾额上的四个金色大字：歌舞升平。

从圈门过街楼的黄琉璃瓦屋顶望过去，半个浅淡的月亮悬挂在西边的天际。东边的阳光，西边的月亮，周围连绵起伏的群山，使过街楼显得神秘而安详。这座横跨黑河沟的过街楼坐西朝东，是连接西部深山区与东部平原的门户，圈门地区的优质无烟煤正是通过这里源源不断地运往京城。丰富的煤炭资源及优越的地理位置，使圈门成为当年门头沟最繁华的地方。

圈门是窑神的地盘，圈门人的生活方式及文化习俗都与窑神有关。一位饱经沧桑的老人对我说："我们现在不挖煤了，但依然祭拜窑神，因为那是我们的根。"哦，把根留住，才能生生不息，尽管那个繁盛的乌金时代已经一去不复返。

盛夏的韭园

韭园之行,原是为探访马致远故居的,却首先被那里丰富而茂盛的植被吸引了。京西九龙山脉环抱中的韭园村,早在遥远的辽金时代就以韭香而闻名,村民们以山泉水浇灌出的韭菜,鲜美无比。如今,物理意义上的韭园已经没有了昔日的繁盛,但这个诗情画意的名字却一代一代流传了下来。

正值盛夏,又是烈日当头,空气中涌动着一阵阵灼人的热浪。但我们依然在村头下了车,一边走一边欣赏沿途千姿百态的植物。与小区甬道边矮蓬蓬的灰菜相比,这里的灰绿藜修长而疏朗,在松柏的映衬下,一副亭亭玉立的样子。长在灌木丛边的鬼针草开着细碎的小黄花,那神态使我想到诡谲的眼睛,而那酽酽的颜色仿佛腌到极致的鸭蛋黄,展现着不可抗拒的诱惑力。然而,假如动物真的对她动了心思,哪怕是极其轻微地接触,她也会迅速将自己成熟的果实附着在动物身上。通过动物携带将自己的种子传播到四面八方,正是鬼针草小小的计谋。

小家碧玉似的茜草,羞涩地躲在蒿草之间。不要以为她柔弱可欺,她的叶子、叶柄和藤蔓上长满了看不见的刺，如果你打她的主意，只会自讨苦吃。一簇簇荆条盛开着淡紫色的小花，几只蜜蜂在花丛间飞来飞去地忙碌着。肥硕的反枝苋使我想到小时候母亲包的野菜馅饺子，这是一种美味的野菜，最适宜做馅。从美洲远道而来的豚草和牛膝菊凭着顽强的生命力，锲而不舍地繁衍着，在陌生的土地上悄悄壮大着自己的家族。红瑞木茂密的枝叶间结着珍珠般洁白的果实，那是鸟们的美食，而红瑞木的种子（坚硬的果核）恰是通过鸟粪传遍天涯海角的。

在韭园村龙王庙前，我被一株枝叶婆娑、遮天蔽日的古核桃树震撼了。盛夏的午后，那一树蓬勃的绿荫使我流连忘返。也许是水土不服，几株高大的悬铃木全都枯死了。但令人欣慰的是，在死掉的树干的根部，又长出了一簇簇新枝，那硕大而鲜亮的叶子在风中摇曳生姿。粗壮的杜梨郁郁葱葱，枝叶间零星地点缀着褐色的果实。这种酸枣般大小的果实味道不佳，但杜梨树木质坚硬，是做案板的上好材料。在杜梨树的浓荫里，一株蝎子草悄悄伸展着它那锯齿一样宽大的叶子。街边的紫薇花团锦簇，给这个古老的小山村增添了蓬勃生机。而不甘寂寞的南瓜秧从农家的篱笆和墙头爬出来，惊奇地打量着眼前的世界。

韭园的静谧与古朴，使我想起久违的田园牧歌。而"雨过琴书润，风来翰墨香"的马致远故居，便在牧歌深处。这位元代大戏剧家以其脍炙人口的元曲名噪一时，而他那首《天净沙·秋思》更是以苍凉的意境成为千古绝唱——枯藤老树昏鸦，小桥流水人家，古道西风瘦马，夕阳西下，断肠人在天涯——如此美妙绝伦的句子，或许只能出自超脱了名缰利索羁绊的"尘外客"之手。而韭园的明山秀水，又为那颗淡泊的诗心提供了怎样的滋养啊。

古道秋凉

　　从戒台寺下山，我们决定走芦潭古道。一则感怀历史，二则欣赏芳草山花。

　　芦潭古道东起芦沟桥，西到潭柘寺，清代乾隆年间，这里曾是一条从京城通往门头沟山区的石砌大道。在这条长约30公里的交通干线上，帝王的车辇、如云的香客以及运输煤炭、石灰的各种车辆，往来穿梭，一派繁华景象。而我们脚下这段从戒台寺到石佛村长约2公里的古道，当年宽达5米，全部用上好的石板铺砌而成，道路两侧还嵌砌着整齐的路沿。乾隆皇帝的车辇从易县拜谒皇陵归来，经过这里去潭柘寺进香，"轻舆碾春露，前旌破晓烟"，何等风光气派。

　　俱往矣。当年的通衢大道，如今已变成崎岖蜿蜒的山间小路，路旁间或散落着一些人家。脚下是残破的石板，石板上的车辙依稀可辨，但你很难将其与昔日车水马龙的繁华景象联系在一起。就连古道上的摩崖造像群，也在太多的风雨侵蚀中变得憔悴不堪。望着石佛村村东山崖上那16龛18尊造像，我没有感受到佛光普照的景象，更无意欣赏其精湛的雕刻艺术，我的内心充满了沉甸甸的历史沧桑感。

倒是沿途千姿百态的植物令人赏心悦目。益母草躲在茂密的草丛里，静静地开着浅淡的紫红色的小花。清雅的马兰该是菊花的姊妹吧，她那飘逸的韵致将我带到陶渊明"采菊东篱下，悠然见南山"的诗境里去了。颀长的姜芋在阳光下摇曳生姿，那明艳的黄色花朵使我想起童年庭院里的向日葵。红、白、蓝、紫色的牵牛花高高低低地盛开着，有如一个个神通广大的小精灵，播报着古道上来来往往的讯息和悲欢离合的故事。山风徐来，高大的皂角树和小叶朴发出窸窸窣窣的响声，使我隐约望见历史烟尘里的刀光剑影。小叶朴因枝叶间总是悬挂着炮弹一样的黑色虫卵，又名黑蛋树，这个名字刚好契合了我的幻觉。而皂角树上肥硕的皂角，该是时间的同谋吧？在数百年的古道变迁中，它们共同洗涤着人世的尘埃，使多少往事如烟云飘散。

我穿越一片茂密的野草和灌木丛，到山崖边采摘酸枣，归来时身上挂满了苍耳的刺球和鬼针草的黑针。朋友一边帮我往下揪，一边笑说，这山间的真正美味不是酸枣，而是紫苏。他指着不远处一株蓬勃旺盛的紫苏告诉我，苏子叶有奇香，闻着香，吃着更香。古时候没有口香糖，青年男女约会前，就采了苏子叶咀嚼，以清香口气。我问，你喜欢吃吗？他眉飞色舞地说，当然喜欢。我还发明了一道美食——苏子叶卷猪头肉，既去油腻，又口感纯香。假如再来一坛绍兴老酒，呼朋引类，边吃边饮，那简直是神仙会了。朋友的话使我忽然有了一种饥饿感，抬眼望时，前面的一户人家炊烟袅袅，南瓜秧和豆角秧爬过低矮的院墙，墙脚是几株开着白色花朵的曼陀罗。

年年岁岁花相似，岁岁年年人不同。走在秋风萧瑟的芦潭古道上，清冷与寂寥中，蓦地想起辛弃疾"天凉好个秋"的句子。遥望高天流云，心绪宁静而旷远。

秋坡之秋

  戒台寺山下的秋坡村，一如她诗情画意的名字，秋意盎然地静卧在向阳的山坡上。远远望去，仿佛一幅错落有致、清新明快的油画，令人赏心悦目。沐浴着清凉的山风和灿烂的阳光，我们一步步走进这画境。

  下山的路蜿蜒在枯叶衰草中，时隐时现。没有路的地方，朋友就用一根木棍击打挡在面前的枝丫，那些风干的枝丫在一声声脆响中纷纷落地，为我们让出一条勉强可以通过的路。我说，樵夫呢？这么好的干柴，竟然没人捡。朋友笑，山民都用上煤气了，捡柴何用？

  没有人上山打柴，也没有人上山采摘野果，这山野便是一副原生态。黑枣树挂满了熟透的果实，轻轻一摇便落了一地。但捡拾黑枣要格外当心，如果一不留神碰到荨麻，手背立即像被马蜂蜇了一样刺痛。这种开着穗状小花的植物浑身上下长满了细密的绒毛，手心碰到还好，若是手背或其他有汗毛孔的皮肤碰到，就会被狠狠地教训一下。

  离黑枣树不远的地方，还有一棵同样大小的黑枣树，但枝丫上却没有一颗黑枣。朋友说，这棵是雌树，那棵是雄树。黑枣树可雌雄同株，也可雌雄异株，异株的雄树不结枣。于是，感叹天地万物的神奇。更神奇的还有扁担杆，满树都是密密匝匝的红色果实，每一组果实都像一个婴儿的拳头，所以她还有另外一个有趣的名字：孩儿拳。鼠李与孩儿拳大小相当，但颜色黢黑，也缺乏优美巧妙的造型。二者相邻而生，更加衬托出孩儿拳的靓丽可人。

绕过一片灌木丛，在一个土质疏松的低洼处，我看到一株益母草静静地开着嫩红的小花，与周围萧瑟肃杀的景象形成鲜明的对比。那粉嫩的花朵甚至使我产生了一种幻觉，恍惚望见《聊斋》里衣袂飘飘的仙子。在这深秋时节的山林深处，怎么会有益母草一株独秀呢？朋友说，不会只是一株，还应该有她的同伴。便在周围寻找，果然又寻到几株，有的开着花，有的已花叶凋零。朋友说，一个物种很难单独生存，只有达到一定数量，形成一个种群，才能在一个地方落地生根。哦，人不能离开群体，动物不能离开群体，植物同样不能离开群体，或许所有的生命都是拒绝孤独的。

秋坡村街边，到处都是椿树和核桃树，他们的形态极为相似，不要说区分香椿和臭椿，即便是把这两类椿树与核桃树区分开来，也不是一件容易的事。朋友说，你看那些树干，纵裂的是核桃树，纵裂而且树皮剥落的是香椿树，而躯干遍布针眼的则是臭椿树。按照朋友的方法辨认，果然一目了然，便被朋友的观察力所折服。

其实，在秋坡村各种各样的树木中，最抢眼的是随处可见的柿子树。柿树的叶子几乎落光了，沉甸甸的柿子压弯了枝丫。那悬挂于屋舍上方的橙黄的果实，在蔚蓝色天空的映衬下，昭示着农家殷实而祥和的日子。我想，如果给这个小山村制作一张名片，柿子或者柿树或许是最贴切的标志。

我们经过村边一棵高大的柿树时，看到一位老人和一个中年妇女正在采摘柿子。中年妇女爬上高高的柿树，双手举着一根长长的竹竿，竹竿顶端是一个铁环，铁环上缀着一条白色布袋。瞅准了目标，她就将铁环伸过去，把柿子装入袋中，然后用力一拧，危枝上的柿子便成了囊中之物。然后她将布袋递给老人，由老人将柿子取出。中年妇女娴熟的动作使我赞叹不已，我举起数码相机，不失时机地按下了快门，并为那幅照片取名为《收获》。

老人一边收拾柿子，一边和我们搭讪。你们城里有柿子树吗？有，但没这么高大。那你们知道柿树是怎么来的吗？种的呗。不对，柿子一般是没有子儿的，即使有子儿，也是实心的，种在地里不会发芽，所有的柿树都是用黑枣树嫁接的。那世上的第一棵柿树是怎么来的呢？老人笑笑，这就回到先有蛋还是先有鸡的老话上去了。

从黑枣到柿子是一种蜕变，一如蝶蛹变成蝴蝶，丑小鸭变成白天鹅。在柿子收获的季节，在这个晴朗的秋日，这种蜕变似乎有了别样的意味。

烟雨天桂山

抵达天桂山时，刚刚下过一场雨，眼前突兀的山峰笼罩在缥缈的山岚里，如梦如幻。六个小时的车程，大家看上去有些疲惫，导游建议同行的几位老者乘缆车上山。一位老者高声说，缆车，缆车，那是懒人乘的车。大家一阵欢笑，倦意顿消。于是，全体步行上山。

拾级而上，沿途是一派浩荡的绿意。高大的青檀、柞栎、橡树和小叶朴遮天蔽日，而低处的葛藤、苜蓿、荆条和白首乌神秘地葳蕤着，仿佛有无数关于夏天的故事隐藏其间。偶尔有一只松鼠出现在石阶旁，警觉地注视着游人，然后在游人惊诧的神情和言语中转过头，钻进茂密的地黄和蟋蟀草里去了。一路上溪水淙淙，宛如吟唱着一首古老的歌谣。山泉积水成潭处，粼粼的波光含着酽酽的绿浪。而我们面前的山谷，在暖湿气流的作用下形成缥缈的云海，令人想起海市蜃楼的仙境奇观。人在薄雾中若隐若现，仙子一般，难怪古人游天桂山有"此身忘却在人间"的感慨。

这座位于河北省平山县的山峰因青龙观道院而闻名，古有"北武当"

之称，而青龙观道院原是要建成崇祯皇帝的避难行宫的。相传明朝末年，崇祯皇帝在各地义军纷起，李自成逼近北京的情况下，深感大势已去，便敕令修建避难行宫。崇祯的心腹太监林清德携旨出京，走遍了北方的名山大川，最终选中了风光秀美、易守难攻的天桂山。遂大兴土木，雕梁画栋，很快使行宫初具规模。但崇祯皇帝还没来得及看上一眼他的行宫，便在煤山自缢身亡。林清德无奈出家，皈依道教，将行宫更名为青龙观道院。"实恒岳脉气之独钟，天地造化绝构之。"作为山岳古刹型游览胜地，天桂山像一枚瑰丽的碧玉镶嵌在太行山上。

在漫长的地质年代里形成的石灰岩地层，使天桂山具有典型的喀斯特地貌特征，奇峰怪石，峭壁林立，溶洞随处可见。青龙观和苍岩殿就建在山南两个自然剥蚀而成的水平岩层栈阶上，在绿树掩映、峰回路转间妙趣横生。天桂山原名三门寨，因其地貌景观与桂林相似，才被改成了现在的名字。倚天而立的"利剑峰"、翩然欲飞的"蝙蝠石"、栩栩如生的"天马行空"，令人想起桂林的石林。而积年累月流水的作用，使天桂山形成了藏龙洞、三清洞、黄龙洞等难以数计的天然岩洞，其中宽敞明亮的三清洞因白毛女的故事而闻名天下，电影《白毛女》中大春与喜儿相会的那场戏就是在这里拍摄的。

"天桂十景"之一的三泉一井，在海拔上千米的高山上。导游说，槐树泉、青龙泉、金蝉泉和明珠琉璃井，泉水甘美无比。尤其是明珠井，旱不竭，涝不溢，水深三尺，却永远取之不尽。我想，若悠哉优哉地在天桂山上饮一掬明珠泉水，该是何等清福。遗憾的是，我未能如愿。但我在青龙观看到一副妙联：进山林修身养性，入洞门学道为仙。仔细品读，如饮甘泉，所谓仁山智水，悠然心会。

下山的路，依然烟雨蒙蒙。走在幽暗的天光里，犹如走在一个神话中。

窗外的羊城

从虎门炮台到广州城区下榻的宾馆，两个小时的车程。我坐在车厢的角落，聚精会神地欣赏窗外的羊城。

初冬的北京萧索而枯寂，如果不下雪，几乎没有什么抢眼的风景。而羊城依然郁郁葱葱，生机勃勃。从首都机场到广州白云机场，飞行三个半小时，气温从0℃到23℃，我清晰地感觉到时光倒流。电视剧里，有人从当代穿越到古代。现在，我从冬穿越到夏。身上的冬装成了累赘，一向低调的保暖内衣开始发威。因为燥热，我显得情绪低落。当地朋友说，早晨看天气预报，今天有雨呢。哦，羊城的冬雨，是个什么样子呢？

车窗外一条又一条的河流，印证着羊城水一样的柔美。那些水域清澈而宽阔，波澜不惊。河流经过的地方，鱼塘、树林、村舍，宁静得像是墙壁上的油画。《梦里水乡》，一首清丽纯净的歌。那样的乐曲，那样的画面，那样的人，似乎只有梦境里才能遇见。而现在，风姿绰约的水乡真实地呈现在我的眼前。与北方干枯的冬季相比，羊城的水，流淌得近乎奢侈。静水流深，这是那些河流给我的印象。连同岸边的村夫，也像缓慢的水流一样，步态安详，从容不迫。

路旁一种不知名的树，模样奇特。植株形态有点像北方的国槐，但叶子比国槐宽大。茂密的枝叶间垂下一绺一绺的根须，仿佛美髯公的胡子。一棵树活在世上，上下是有分工的，枝叶在上空沐浴阳光，进行光合作用，根须在地下汲取土壤中的水分和养料。而这种树混淆了彼此的位置，根须居然长到了枝叶间。那么，究竟是根须太寂寞，还是枝叶太不安分？

椰子树是羊城独有的景观，这种原产于马来群岛的高大乔木，主要分布于热带和亚热带地区。树干笔直，不蔓不枝，犹如北京街头水泥浇铸的电线杆子。硕大的羽毛状叶子从树梢伸展出去，仿佛一把撑开的绿伞，叶子下面结着一串串球形的果实。这种神奇的果实可以随海浪漂流上千公里，然后落地生根。或许正因为这种非凡的生存和繁衍能力，椰树成了一种国家象征。在卡塔尔国徽上，两把阿拉伯弯刀象征捍卫国家独立的军事力量，白色帆船象征海上贸易和渔业生产，而两棵茂盛的椰子树象征着丰富的自然资源。相传，椰树是一个美丽姑娘的化身。那个叫做椰子的姑娘，为了拯救海岛上干渴的人们，将自己变成了一棵挺拔的树，结出了丰硕的果实，以鲜美的果汁滋养了无数生命。人们为了纪念这位善良的姑娘，以她的名字命名了这种果实，并把生长这种果实的树叫做椰子树。一路上，每当椰树匆匆掠过，我的内心就荡漾着一种感动，仿佛一首纤尘不染的歌谣，冥冥中响彻心灵的牧场。

广州街头的行人，有穿单衣的，有穿夹衣的，还有人穿着羽绒服、脖子上严严实实地系着围巾。从他们的衣着，你无法判断眼前的季节。而阔叶树全都绿着，路边芳草萋萋，草花艳丽，一如北京盛夏的景象。北方四季分明，从一个季节到另一个季节，变换得干净利落，毫不拖泥带水，正如北方的汉子，粗声大嗓，掷地有声。而羊城的季节月朦胧、鸟朦胧，含蓄柔美，就像羊城人说话的腔调，抑扬顿挫，婉转悦耳。

晚宴在珠江边一家豪华餐厅举行，透过宽大的飘窗，江面上晶莹剔透的游船及对岸霓虹闪烁的欧式建筑历历在目。当地朋友说，珠江从广州市区穿过，是广州的母亲河。在广州市内的江中有一小岛，叫做海珠石，珠江因此而得名。珠江夜色是羊城八景之一，江岸璀璨的灯火展示了仪态万千的南国风光。虽然比不上黄浦江外滩的金碧辉煌，却有着岭南的温婉风韵。

窗外的繁华，衬托出窗内饭局的冷清。上好的白酒、红酒、洋酒一应俱全，你想喝什么，服务小姐给你斟什么，然后就是象征性地碰杯。没人劝酒，更没人豪饮。一位熟悉当地风俗的朋友对我说，不是接待方不热情，人家酒风就这样。这样的酒风使饭局从始至终安安静静，持续的时间也不长。若在北方，这场酒或许会喝得昏天黑地，不知不觉就已夜半更深。于是想，与羊城人合作谋事，与北方人交友畅饮，也许是一种正确的选择。

酒宴后，我们从大沙头码头乘船游珠江。宽敞的船舱里摆放着一张张圆桌，人们热热闹闹地围桌而坐，一边谈笑一边吃喝，那情形有点像北京夏夜的大排档。但吃的是点心，喝的是果汁。我在船舱转了两圈儿，没有看到一瓶啤酒，更没有猪蹄、凤爪、羊肉串。

我在丽江等你

一位久未联络的朋友打电话说，他已从京城移居丽江，每天在自家的纳西族小院里读书、写字，过着世外桃源般的日子。

哦，丽江，我去过，印象深刻。那年我参加一个散文笔会，离开洱海的游船后，从大理乘中巴赶赴丽江。中巴在云贵高原上奔驰，天色一点点暗下来，暗下来，最后只剩下车灯的一点亮光。恐惧感悄然袭来，我望着车窗外漆黑的原野胡思乱想。蓦地，前方灯火通明，丽江新城到了。那天晚上，我们住在新城，次日游览古城。

丽江新城与古城隔街相望，却泾渭分明。新城的现代化程度很高，而古城古色古香。走在古城的石板路上，穿行于纵横交错的大街小巷，我和同伴因新奇而兴奋。一尘不染的街道，雕梁画栋的老宅，小桥流水，鲜花盛开，小城精致得仿佛一幅油画，而我们顺理成章成了画中人。

在古城入口那个标志性的大水车前，导游告诉我们，尽管古城街巷众多，但只要记住一句话就不会迷路——顺水而行是进城，逆水而行是出城。丽江古城只有一个进口和出口，记住了大水车，就进得去，出得来。有了这一法宝，我们在古城轻松游走，不知不觉到了最繁华的四方街，酒吧、茶馆、店铺鳞次栉比，装饰随意，个性鲜明。有一家酒吧别出心裁地空出一截洁白的墙壁供顾客留言，上面写满了妙趣横生的各种文字。

街边纳西人的木刻店里，挂满了制作精美的东巴文字木雕。不论是着色的，还是不着色的，刀功全都一丝不苟，而木雕的内容，多为纳西族的神话传说。被称为"活着的象形文字"的东巴文，每一个字都像一幅生动的简笔画。相对于我们的行色匆匆，纳西人显得慵懒而散漫，那种从容自信的神情让人感到，没有什么诱惑可以使他们动心。

沿着蜿蜒曲折的台阶登上狮子山，站在山巅的万古楼上极目瞭望，波浪般广阔的古民居尽收眼底。如果说建筑是凝固的音乐，那么展现在我眼前的那片青灰色屋顶，便是一个个充满传奇色彩的音符。我在寂静的万古楼上欣赏古民居时，旁边一个穿着白色长裙的女孩在写生，她把背包放在一个花架下面，从花架上爬出的妖娆的葡萄藤，恰似她卷曲的长发。我请她帮忙拍照，她把照相机还给我时，浅浅地一笑。那笑容干净明朗，仿佛天边飘浮的云朵。

傍晚的古城细雨霏霏，雨中的石板路明亮光润，沿街餐馆的后窗开始飘起炊烟，遮阳伞下的餐桌摆到了小河岸边，汩汩流淌的雪山融水清澈见底，耳边隐约有纳西古乐飘过。所谓心静与平和，那时深切体会到了。

朋友告诉我，他的纳西小院花木扶疏，书斋窗前有两株枝叶婆娑的暴马丁香。打完这个电话，他要沏一壶好茶、筛一壶好酒、准备几样美味佳肴，在丁香树下款待远道而来的客人。我说，丽江是个诗情画意的好地方，也许有一天，我会步你后尘，移居到那里去。朋友笑答，好啊，我在丽江等你。

山寺听泉

穿过板凳沟、陈家沟，抵达八大处后山之巅；再沿着下山的路，经宝珠洞、香界寺，到达八大处第五处寺院龙泉庵时，晚风轻拂，夕阳染红了西边的天际。

坐西朝东的龙泉庵因山势分为南北两处院落，落日的余晖透过郁郁葱葱的树林，从高低错落的屋顶照射过来，将斑驳的树影洒满庭院。古色古香的氛围里，几株粉嫩的瓦松在灰色的屋檐上精灵般地若隐若现，那宝塔似的形态使人感受到一种吉祥的寓意。

从硬山正脊门楼进入南院，我们在大雄宝殿南边的听泉小榭歇脚。一股清泉从石雕龙头流出，注入一个雕栏围成的水池，翡翠般的池水清澈见底。在中国传统文化里，龙王为司水之神，宋代的《太平广记》、明代的《西游记》里都有关于龙王的描述，佛教里的八大龙王也是地位很高的护法神，而在民间，龙王的形象更是被具体化为蓝脸、赤发、朱唇、穿红袍、披绿帛、持白笏、坐红交椅的男神。龙泉庵的这股清泉，因为龙的缘故而经年不息。

如果兴致好，可以到拱形石洞下打金钱眼，测试一下自己的运气。但一路翻山越岭，我已然疲惫，只想在阵阵松风中安静地听泉。水榭听泉，是龙泉庵特有的景致。精巧别致、南北通透的听泉小榭，既是龙泉庵南院的北房，又是龙泉庵北院的南房，面南可听泉声，面北可悟禅理，心旷神怡，好不惬意。

据说，听泉小榭旁原有参天古松一株，茂密的枝叶遮蔽了整座庭院。然而，在百年前一个风雨交加的夜晚，狂风雷电摧毁了那株白皮古松。如今，只能从抱柱上"当户老松生夕籁，满山红叶入新诗"的楹联里体会当年的盛景了。

与龙泉庵有关的名人佳话中，有一个人不能不提，他就是清末著名思想家、文学家龚自珍。道光十九年，龚自珍弃官还乡，遍游京师名胜。他乘坐一车，另一辆随从的车上载满诗书。满车诗书仍不足以解惑，游览龙泉庵时，他还曾向僧人唯一借取佛经，并且留下了"朝借一经复以簦，暮还一经龛已灯。龙华相见再相谢，借经功德龙泉僧。"的诗句。唯一和尚借经给他，他心存感激。为此，他邀请唯一到南京龙华相聚。这首题为《别龙泉寺僧唯一》的七言诗，成为《己亥杂诗》的组成部分。

创建于清代顺治年间的龙泉庵，位于风光旖旎的翠微山半山腰。龚自珍曾多次游览翠微山，饱览翠微秀色，并且写下了散文《说京师翠微山》。在这篇仅有570字的短小散文里，他如数家珍般地记述了翠微山的山势特征、地理风貌，寄托了自己的缱绻之情。对翠微山上的龙泉和古松，他也进行了生动传神的描述。遗憾的是，龚自珍散文里盛赞的翠微四松，如今已有三株无处可寻。仅存的一株白皮松位于龙泉庵祖师堂前，历经沧桑，依然粗壮高大，枝繁叶茂。

暮色苍茫，空灵的泉声与松风使山寺显得愈发寂寥。一钩弯月浅浅地镶嵌在蔚蓝的天际，遥远的市声若隐若现。便想，此时此刻，我是身在万丈红尘之外了。

逍遥山谷

　　这条山谷位于京城西南方向的圣莲山景区,是通往南庙的一条原始步道。我们游走在那里的时候,步道已经修葺一新,褐色石块铺砌的路面,平整而有趣。落叶在脚下发出一声声脆响,使空旷的山谷愈发寂静。修缮的不仅是步道,还有罗汉坡、千佛殿、悬空寺、圣泉寺。这样,一路上行,就可以顺利观赏到莲子峰、百里卧佛、圣米洞、圣水洞、天生桥、晾马台等自然及人文景观了。

　　被誉为"京都第一奇山"的圣莲山,因连绵起伏的山峰酷似一片片莲花瓣而得名,是一个释道合一的朝圣之地。明清时期,这里香火旺盛,属于京畿八景之一。群山巍峨,奇峰俊秀,山间幽谷,溪水潺潺。如今,山谷依然清幽,但淙淙的流水声已经听不到了。

　　我们游走的山谷有一个浪漫的名字——逍遥谷,这刚好契合了庄子的名篇《逍遥游》。在那篇著名散文里,庄子阐述了一个道理,无论是不善飞翔的蜩与学鸠,还是乘风翱翔九万里的大鹏,甚至包括御风而行的列子,都是"有所待"而不自由的。那么,怎样才能真正自由自在呢?

庄子的答案是：忘我。只有达到无己、无功、无名的境界，才能无所依凭而游于无穷，才是真正意义上的逍遥游。

深秋时节，路边的五角枫已开始落叶，树下一片狼藉，而树上的叶子红、黄、绿相间，看上去仿佛一棵棵风姿嫣然的彩树。柿树的叶子落光了，只剩下黄澄澄的柿子密密匝匝地悬挂在枝头，昭示着一种丰收的喜庆。叶子残破的铁线莲在路旁安静地擎着一枚枚成熟的果实，一片又一片。间或有几株穿山龙缠绕在荆条、酸枣树等低矮灌木上，这种俗称野山药的爬藤类植物耐旱、耐寒性极强，即使在深秋的山野依然叶子碧绿，使旁边半枯的灌木及野草相形见绌。

路边夹杂着石英及泥页岩的沉积岩冰冷坚硬，因为泉水由里向外渗出，颜色又黑又亮，仿佛被打磨过似的。背阴的山坡上长满了青苔，斑驳的青苔间零星点缀着金黄的野菊、肥硕的地黄、匍匐的牛耳草以及模样怪异的独根草。那一株株或嫣红或枯黄的独根草有如一枚枚悬浮在岩石上的叶子，似乎随时会被山风吹落。

山涧对面的罗汉坡，依山势随意分布着降龙、伏虎等十八罗汉的金色塑像，因为神态各异，仿佛有了动感，那一片岩石裸露的山坡恍惚间热闹起来。十八罗汉作为脱离了世间烦恼、不再受生死轮回之苦、达到涅槃境界的圣者，不仅自身修行圆满，而且引导众生虔心向善，由善念净化灵魂，由善行润泽人生。"善"是一条路，通向"逍遥"的大境界。

走过姜太公垂钓的池塘，眼前出现了一溜儿灰白相间的鳞片状岩石。同伴惊呼："鳄鱼石！"那阴森恐怖的形态，的确酷似鳄鱼。然而不必大惊小怪，几步开外有一座吊桥，过了吊桥就是千佛殿了。"香烟通三界，佛恩浴世人。"何况前方不远处，还有摩诃老祖食圣米、饮圣水而成正果的庙宇圣殿。

一条长约两公里的空寂的山谷，我们逍遥着游走，又在游走中领悟了逍遥。

铁色虔诚

　　大石河北岸的铁瓦寺，是我游览过的寺庙中规模最小的。

　　从霞云岭流到河北镇后，大石河的水只剩下薄薄的一层。那一层薄薄的河水贴着河底的鹅卵石跳跃着流动，在冬日的阳光下晶莹耀眼。我们把车停在河边，走进马路对面的河北镇政府大院，大院后面便是铁瓦寺。

　　在大院与寺庙之间，隔着一片茂密的竹林。由于山泉的滋养，即使在寒冬，竹林依然生机勃勃。大石河清澈的河水，古时被称为"圣水"。圣水岸边的竹林，或许也受了仙气的浸润，一根根配合默契地耸立着一种超然的意韵。竹干金黄的底色上镶嵌着碧绿的条纹，刚好契合了它的名字——金镶玉。密密匝匝的竹叶遮蔽了阳光，使脚下的甬道在斑驳的影子间幽暗而诡谲。

　　穿过竹林，便是铁瓦寺山门。山门前立着一块石碑，碑文标题是《重修铁瓦殿记》，但内容字迹模糊，已经难以辨认。铁瓦寺始建于明朝正德年间，后遭地震损毁，清代康熙年间重修。山门的额楣上是砖雕门匾，上面工工整整地写着"铁瓦禅林"四个字。字很小，小得使人联想到低调、谦逊之类的字眼儿。

进入山门，两旁各有一株古老的侧柏。侧柏旁边，各有两间配殿。而攒尖顶的圆形正殿，就在几步开外的地方。洞穴似的殿堂内，香烟缭绕，佛乐低回。沿着殿堂外的环形台阶上行到一个平台，可以清晰地看到殿顶的铁瓦。阳光从东南面的古柏及配殿顶上照过来，使得环形台阶半明半暗，显得有些诡异。

两座被称为配殿的寻常平房及一间逼仄的佛堂，便是铁瓦寺的全部建筑。这座寺院的规模之小，一如山门额楣上的字。人们说起大石河沿岸的名胜古迹时，往往提到三角城、石花洞、万佛堂、琉璃河大桥，却很少提到铁瓦寺，也许正是因为它的规模太小。

然而，铁瓦寺却是北京地区唯一以铁瓦铸顶的佛寺。坐北朝南的铁瓦殿，殿顶全部用铁瓦铺设，458块铁瓦，用铁3吨。而且，铁瓦表面多有铸字，如"菩萨顶正德十年造""五台山菩萨顶铁瓦寺"等。据说，五台山菩萨顶大显通寺内有一座金殿，全部为铜铸，与铁瓦寺相映成趣。

殿顶为什么要铺设铁瓦呢？朋友说，在那个年代，铁是相当贵重的。铺设铁瓦，表明对佛的虔诚。哦，铁有价，而虔诚无价。